満月の夜に咲きたい

いま語るべき大人気高校生ボーカル
U-Kaのすべて

「私の歌った曲、一緒に聞こ？」
推しと二人きりの放課後

私を助けようとした理由を彼から聞いた、
この瞬間――。

私は初めて、
好きっていうのがなんなのか、
不本意ながら
わかってしまったのかもしれなかった。

放課後デートの、その後――

推しが俺を好きかもしれない

川田戯曲

ファンタジア文庫

3100

口絵・本文イラスト　館田ダン

推しが俺を好きかもしれない

My FAVE should love me.

【川田戯曲】 illust.【館田ダン】

プロローグ　推しに関するブログを書いた。

【『満月(まんげつ)の夜(よる)に咲(さ)きたい』のニューアルバム、『オマージュ』に込められた真のテーマを全然わかってない、お前らボンクラに捧(ささ)ぐ】

強い言葉使っちゃってごめんね？　でも、マジでそう思ったから今回のブログ記事のタイトルはこんな風になりました。反省してね？

それじゃあ早速、考察してく。まず、巷(ちまた)で散々言われてる、『満月の夜に咲きたい』のニューアルバム――『オマージュ』は、色んなアーティストが取り上げてきた「音楽のパクリ問題」をテーマにしてるって意見……これ、全然違います。

それがはっきりわかるのが、アルバム曲『オマージュ』の歌詞で。あの曲は――。

《薄闇の中で微睡(まどろ)んでる　音符はもう盗まれてた
そこに残っていたのは　何もない真っ暗な部屋》

って二番のAメロで歌ったあと、ラスサビで。

《僕がいつか盗まれても　曲がいつか汚されても
いま、あなたに響きさえすればいい　それだけは奪えやしないから》

って歌ってる訳だけど……さすがに、ここまで引用すればもうわかるよな？　……え？　それでもわかんない？　もしかしてあなた、ラノベとか小説とか読まない人？　行間を読む能力は、オタクには必須スキルなのよ？

ともかく。これで俺の言いたいことはだいたい終わったんだけど——要するに、まんさきの今回のアルバム『オマージュ』は、パクリやオリジナリティに対する彼らなりの回答を示したんじゃなくて、まんさきが苦労の末に手にした「オリジナリティ」は、これから誰にどんな風にパクられたって汚されやしない、ってことを歌ったアルバムなんだよ！

つまり、本作に関しては、パクリ問題というのは副題でしかなく——その本質は、『満月の夜に咲きたい』というアーティスト自身の強度を高めた部分にあるんだよな。

ということで、以上。何にもわかってないお前らへ、俺からの素晴らしい考察でした。

……いやほんと、まんさきのことこんなにわかってる高校生、俺以外にいる？

第一話　推しがクラスメイトだった。

『ここまで痛々しいブログが書けるなんて、ある意味才能だなｗｗｗｗ』

季節がようやく春めいてきた、五月初旬。午後七時過ぎ。

夕飯を食べ終えて自室に戻った俺が、自身の書いてるブログ——『限界オタクの限界突破ブログ』のコメ欄をスマホでチェックしていると、こんなコメントが目についた。

……こいつは本当に何もわかってないな。人が好きなものを語る姿は、それを好きであればあるだけ痛々しくなるって知らないのかよ。

「という訳で、このコメントは削除、と……」

ブログの管理画面に飛び、いましがた見たコメントを削除する。……というか、今回更新した記事の内容が内容だけに、どうやらコメ欄がプチ炎上しているようで、中にはこういうコメントも混じっていた。

『こんなこと書いて、どうせ本心ではボーカルの女の子と繋がってエロいことがしたいだけの、しょーもないオタクだろｗｗｗ』

これにはさすがにカチンときた。

カチンときたが、しかし……ここでレスバトルを展開したところで何の生産性もないので、ため息と共にこのコメントも削除すると、俺は独りごちる。

「馬鹿か。大好きなものは、大好きだからこそ自分の手で汚せるわけないだろ」

結構前の話になるけど、とあるドラマにハマった某女芸人さんが、その作品から出演オファーを受けた際、こう言って断ったそうだ。

「私が大好きな作品の世界を邪魔したくないので、出られません」

俺はこのエピソードが大好きで、彼女の考え方にいたく共感したのを覚えてる。

多少厳しい意見かもだけど、アイドルを好きになっても、その子とヤリたい、という感情を抱いてしまったら、それは純粋なファンじゃないと思う。

彼女が好きだから、いちファンとして支えたい。

性的な欲求とは別の場所にある、そういう感情を抱くことができて初めて、ファンという存在になれるんじゃないかと、俺は思うのだ。

つまるところ、俺はまんさきのファンなのであって、ボーカルのU－Ka(ゆうか)と繋がりたい訳じゃねえんだよそんなこともわからねえのかアホが二度とコメントすんな！

ただ、こんなアンチだらけの俺のブログにも、温かいコメントをしてくれる人が少しはおり……それは例えば、本ブログの常連である、豪傑丸(ごうけつまる)さんなんかがそうだった。

『今回も考察、すごかったです！　僕もまんさきが大好きで、だから聴き込んではいるんですけど、よーすけさんほど歌詞を読み込めてはいなかったなあ、と思いました。。。次のブログの更新も、楽しみにしてます！』

「…………えへ……」

キモい笑い声を漏らす俺。「えへ」って、男が発していいワードじゃないだろ。

でも、ただの自己満足でやってるブログに、こういうコメントを貰えるのって、めちゃくちゃ嬉しいんだよなあ……豪傑丸さん、いつもありがとう。

そうして、コメの削除などをしていたら、時刻は午後八時手前。それに気づいた俺はすぐさま『満月の夜に咲きたい』のYouTubeチャンネルに飛び、ライブ配信に備えた。

今更の説明になるけど、俺はこのユニット――『満月の夜に咲きたい』の大ファンだ。

『満月の夜に咲きたい』……通称『まんさき』は、最近流行りの、有名なボカロＰが歌の上手い女の子とユニットを組んで活動しているタイプのアーティストである。

ヨルシカ、YOASOBI、ちょっと昔で言うならSupercellなんかを想像してもらえればそんな感じ。谷町Ｐ太という有名ボカロＰが作詞作曲編曲を手掛け、Ｕ－Ｋａという歌い手出身の女の子がボーカルを担う、二人組だ。

俺は小学五年生の頃から谷町Ｐ太の大ファンで、だから中二の夏頃、彼がまんさきを始めると聞いた時、「……また俺の大好きなボカロPが、ボカロを捨ててしまうん？」と悲しみに暮れたけれど、結局、俺はすぐに彼の始めたユニットを大好きになってしまった。

ただ、そこで予想外だったのが……俺は谷町P太のファンとしてまんさきを好きになったのではなく、『満月の夜に咲きたい』というアーティストそのもののファンになったことだった。それ程に、ボーカルのU－Kaの歌声は魅力に溢れていた。

「正直、まんさきがここまで売れたのって、絶対U－Kaの存在が大きいもんな……」

呟きつつ、『満月の夜に咲きたい』のチャンネル登録者数を見やる。百二十万人。俺みたいな凡人では上手くイメージすることができないほど、膨大な数だった。

噂によると、U－Kaは俺と同じ高校一年生という話だけど……高一にあんな表情豊かな歌声が出せるかね？　俺はそう疑問に思いつつ、スマホの画面を見やる。

今日のライブ配信は、公式ツイッターで『U－Kaが顔出しをしての生配信』と明言されており、それによってネット上ではちょっとしたお祭り騒ぎになっていた。まんさきのボーカルは一体、どんな顔の女の子なんだ!?　と。

……いやそりゃ、俺だって気になるけどさあ。お前らは顔面で音楽聴いてんのかよ、ってツッコみたくなるよな。

「安心しろ、U－Ka。俺はお前の顔がガマガエルみたいでも、ずっとファンだからな」

割と酷いことを呟きつつ、俺はワイヤレスイヤホンを耳につけたのち、スマホの画面を覗き込む。――と、ちょうどそのタイミングで配信が開始された。

暗かった画面が明るくなり、レコーディングスタジオが映し出される。

そこには一本のマイクと、その前にヘッドホンをつけて立つ、女の子の姿があった。

「皆さん、初めまして。『満月の夜に咲きたい』、ボーカルのU－Kaです。今日はよろしくお願いします」

「――――」

その姿に、俺はつい息を呑む。

端的に言って、彼女は美しい少女だった。

肩口まで伸ばされた、内巻きの艶やかな黒髪。目じりが少し垂れ、柔らかな印象を受ける目元。ぷっくりとした血色のいい唇。綺麗な形をした鼻梁。胸の膨らみも大きく、腰がくびれ、足もすらりと長い。まだ若いであろう彼女は、その年で女性として完成された容姿をしており、なおかつ面差しには幼さを併せ持つ、美麗な女の子だった。

しかし、俺が衝撃を受けたのは、そこではなくて――。

「う、嘘だ……嘘だろ⁉ そんなことってあるのかよ⁉」

だから、もしかしたらいまスマホの中にいる彼女は、本当はU－Kaではないんじゃないかと思った。けど、次の瞬間。俺が抱くそんな疑念は、瞬く間に吹き飛んでしまった。

「十二時を指す短針～♪　私はまだ夢を見る～♪」

それは、彼女の歌声だった。

俺が何百、何千とリピート再生した際に、幾度もこの鼓膜を震わせた、伸びやかで美しい歌声は、確かに彼女の口から発せられ、いま俺の耳に届いていた。

『満月の夜に咲きたい』――そのボーカルは、間違いなく彼女だったのだ。

ここまで完璧な証拠を突きつけられては、もう否定することはできない……だから俺は、普段の彼女を。まんさきのボーカルではない時の彼女を、確かに知っていた。

「天は二物を与えないってあれ、とんだデマだな……」

彼女の名前は花房憂花。

学校一の美少女と名高い、俺のクラスメイトだった。

俺のクラスに、『満月の夜に咲きたい』のボーカルがいる。

それに気づいた限界オタクの俺が取った行動は、急ぎコンビニで買ってきた便せんに、夜通しファンレターを書き殴る、というものだった。

「うおおおおお！　俺の思いよ、言葉となって届け！」

もちろん、先程宣言した通り、俺はファンとして、リアルでまんさきのＵ－Ｋａに近づく気は一ミリもない。――まんさきが死ぬほど大好きな俺は、だからこそ花房に対して、邪な思いは抱かない。というか、抱くべきじゃないと思っている。

ならば何故、こんなファンレターなんかを書いているのかというと、それは――もう完全に、まんさきの大ファンだからだ！

こんなに近くにまんさきのＵ－Ｋａがいて、この思いを彼女に伝えないなんて、そんなのはファン失格だからな！　そういう訳で俺はいま、差出人として自分の名前は書いていないファンレターを、必死になって書いているのである！　うおおおお！

見返りなんていらない。むしろ欲しくない。

ただ俺は、ただ好きだと。

あなたの歌声が大好きなのだと、彼女にそう伝えたいだけなのだった。

そうして俺は、便せん八枚にも及ぶファンレターを深夜テンションで書き上げ、恍惚とした表情で布団に入る。しかし、この時の俺は気づいていなかった……。

深夜のテンションで書き上げた文章はもれなく、翌日読み返してみると、死にたくなるような駄文のオンパレードだということに！

……いやほんと、文章を書いてる時は「やっべえ。俺、天才かよ。文豪になれるんじゃねえの？」ってなるのに、翌日になって読み返してみると「なんだこのクソみたいな原稿は……」ってなる現象、マジでなんなの？　昨日の天才はどこに行ってしまったん？

第二話　推しには裏の顔があった。

『満月の夜に咲きたい』のボーカル、U－Kａがこの学校にいると判明した、翌日。うちのクラスは興奮のるつぼと化していた。

「花房がまんさきだったたなんてマジ信じらんねえ！」「もー、どうして教えてくれなかったの？」「U－Kａちゃん、サインください！」「あっ、私も私も！」「俺も、友達に自慢したいから頼む！」「マジですごいよね。あたしら、芸能人と同じクラスだったなんて！」

男子も女子もこぞって花房の席を取り囲むように集まり、そんな言葉を投げかける。でもまあ、この反応も当然だった。

だって自分のクラスに、有名なアーティストが――しかも、特に中高生から絶大な支持を得ているユニットの、ボーカルがいるのだ。そんな状況で、舞い上がるなという方が無理な話だろう。

そうして、クラス全体が興奮状態の現在、その視線を一身に受ける彼女は、しかし――嫌そうな態度一つ取らず、群がるクラスメイト達を前に、朗らかな笑みを浮かべていた。

「あはは。ちょっとみんな、ちやほやしてくれ過ぎじゃない？　そうしてくれるのは嬉しいけど、別に、私が凄い訳じゃないからさ……凄いのは私じゃなくて、『まんさき』っていうユニットや、谷町さんだから。私は、あの人に選んでもらえただけで……だから、これまでと変わらず、ただのクラスメイトとして仲良くしてもらえると嬉しいかな」

「わかったよ憂花ちゃん！　じゃあクラスメイトとして、この色紙にサインして！」

「それ、クラスメイトの関係としておかしいじゃない。ふふっ」

花房のツッコミに、どあっ、と周囲が笑いに包まれる。……この高校に入って彼女と同じクラスになってから、何となく気づいていたけど——どうやら花房憂花は、驕らない女の子のようだった。

誰に対しても分け隔てなく接し、自身の美貌を鼻にかけることなく、いつも笑顔を絶やさない。容姿端麗で性格もできている、我がクラスの癒しの花。

そんな彼女がまんさきのU-Kaだったというのは、そりゃ驚きはしたけど、ファンとしても腑に落ちる事実だった。インタビューなんかで垣間見る『まんさきのU-Ka像』と、いま目の前にいる『憧れのマドンナ花房憂花』の在り方は、確かに一致してるもんな。

推しがクラスメイトで嬉しい、というよりは……まんさきのU-Kaが、うちのクラスの花房っていう——イメージ通りの女の子だったことが、すげえ嬉しいぜ！

そんなことを思いつつ、俺は一人、輪の外から彼女を見つめる。

まあ、俺ぐらいのファンともなると、まんさきのU－Kaと同じ教室にいる程度のことで動揺したりはしな「――――」ごめん嘘いま俺めちゃくちゃ動悸息切れがやばい。誰か『救心』持ってない？　このままだと俺、心臓がはち切れそうなんだけど……。

とまあ、そんな風に興奮はしてしまったけれど、俺はいわゆるぼっちオタクなので、花房みたいなトップカースト女子と絡む機会なんか、一生ないんだけどな。

だいたい、それを期待すること自体、ファン失格だと思うし。

そんなことを考えていると朝のチャイムが鳴り、ホームルームの時間が始まる。

そうして、昨日衝撃的な事実を知った俺の今日は、大きく変わったようで、実際はさして何が変わる訳でもなく、ありきたりな日常として過ぎて行くのだった――。

あ、でもあれだ。今日の放課後、花房さんの机に、俺が昨日書いたファンレターをこっそり入れようとは思ってる。これに関しては完全に、俺の自己満足でしかないけど……まんさきが大好き過ぎる痛いファンとして、それぐらいのことはしてもいいよな？

それから日付は進み、数日後。昼休みの時間。

「日直って、どうしてクラス全員が当番制でやらなきゃならないんだよ……旧時代的過ぎるだろ、このシステム……」

　俺はそう愚痴りつつ、教室で出たゴミ袋を両手に持って、校舎裏に来ていた。さっさと用事を済ませてしまおうと、ゴミ置き場に近づこうとすると——いつもなら人気がない筈(はず)のそこに、先客がいることに気づく。

　一人は、時の人である花房憂花。もう一人は、顔の整ったイケメンで……二人は一定の距離を保って立ち、お互いを見つめ合っていた。

「そういう訳で、俺、真剣なんだ。——俺と、付き合ってください」

　その言葉を聞いた瞬間、俺は慌てて校舎の角に引っ込む。……あ、あのイケメン、こんな人気のない場所でぬけぬけと、花房さんに告白してやがる！　あいつ、お前がコクってんのがまんさきのＵ－Ｋａだってわかってんのか馬鹿が……！

　ファンである俺はそう思ったが、冷静に考えてみると、むしろ逆だった。たぶんあいつは、花房憂花に『まんさきのＵ－Ｋａ』というブランド価値がついたからこそ、彼女にコクっているのだ。……なるほど、なるほど、彼はそういう類(たぐい)の人間ね。把握しました。

「…………」

　という訳で俺は早速、花房に対して念を送る。……花房さん、聞こえますか？　いま私は、あなたの脳内に直接、呼びかけています……その男はヤリモククソ野郎ですので、どうか告白は断ってください。

そいつは、頭よりも先に下半身でものを考える人間です。文化祭の時期が近づいてくると、モテるためだけにバンドを結成するようなクズで——休日にはコーヒーショップのテラス席で長い名前のラテを片手に、スマホをぽちぽちいじってインスタを巡回し、ＤＭしたらヤレそうな女性を探している男の底辺です。告白はお断りください……。

そんな、イケメンに対する偏見が酷い俺の念が届いたのかどうかはわからないが、花房は男の告白を受けて、その顔に申し訳なさそうな表情を浮かべると、こう言った。

「ごめんなさい、久喜先輩。私、先輩とはお付き合いできません」

「…………」

ひゃっほう！　ざまあみろイケメン！　今日も他人の不幸でメシが美味いぜ！

俺がそんな最低なことを考えていると、花房はなおも言い辛そうに言葉を続けた。

「久喜先輩が魅力的な方だっていうのは、重々わかってます。でも、私はあなたに恋愛感情を少しも抱いていないですし……それに、お仕事があって、恋愛をしている暇がないというのもあって——」

「なに？　自分がちょっと有名人だからって、調子乗ってるわけ？」

「……え？」

　そうして、花房がお断りの言葉を並べているさ中、明らかに久喜先輩と呼ばれた男の表情が変わる。顔は猿のように赤らみ、その瞳には明確な敵意が滲んでいた。

「つか、なんだよ。なんなんだよ。そんなマジになってフリやがってさ……こっちだって冗談だったたっての」

「え……冗談？」

「誰がお前みたいな、お高くとまってるだけの、つまらない女に本気になるかっての。ちょっと容姿がいいからって調子乗ってんじゃねえよ。――つか、俺はお前みたいな体の女とヤりたかっただけで、お前なんか好きな訳じゃねえから。勘違いすんなよな」

　久喜先輩とやらはそこまで言うと、花房に背を向けて立ち去っていった。……何というか、みみっちい男だなマジで。自分のプライドが傷ついたから、その腹いせに相手を傷つけようとするなんて。どこまでも小さい男だった。

……というか、俺の推しになに酷いこと言ってんだあいつ……殺すぞ、ああ？　もちろん、実際にそんなことをする勇気は、俺にはないけど――久喜先輩とやら。顔と名前はちゃんと控えたからな……俺がデスノートを手に入れたら覚えとけよ……。

　内心でそんな恨みつらみを唱えたのち、俺は花房を見やる。あんな嫌なことを言われて、彼女は大丈夫だろうか……。

そう不安に思いつつ、花房を見つめていたら……彼女はふいに、屋外用のでっかいゴミ箱の前に――俺がこれからゴミを入れようとしているそれの前に、立った。

それから、その横に回り込むと、こつん、こつん、と。ローファーの先端で軽く小突くように、ゴミ箱の側面を何度か蹴る。そうしながら、彼女はこう呟いた。

「家に帰ったら絶対に、プリン食べる」

……はて？　プリン？　何故？

俺がそう首を傾げていると、彼女は再び、今度はもっと強めに、ごっ、ごっ、という音を出しながら、ゴミ箱を何度も蹴った。そうしながら彼女は、先程の言葉をなぞる。

「家に帰ったら、絶対に、プリン食べる」

だから、何故プリン？　どうして花房はいま、このあとプリン食べる宣言をしながら、業務用のでかいゴミ箱を蹴りつけてるんだ？

俺がそう考えている間も、花房はその言動を繰り返した。「プリン食べる」ごつっ「プリン食べる」ごつん「プリン食べる」どがっ――段々とゴミ箱を蹴る威力がエスカレートしていく。見やれば、花房が蹴るゴミ箱の側面が、若干凹み始めていた。

「………」

い、いやいや、何してるんだよ花房さん。

当然のことだけど、学校の備品をそんな、ローファーで蹴っちゃ駄目だろう？　俺の知ってるあなたは、そんなことをする子じゃ――。

制服のスカートがめくれるのにも構わず、彼女は思いっきり足を振り上げた。そのまま、足裏を叩きつけるように、ゴミ箱を蹴りつける。――どがっ！　どがっ！　どがっ！　これまでと同様、それを何度か繰り返しながら、花房はひときわ大きい声で叫んだ。

「家に帰ったらっ！　絶対にっ！　プリン食べるっ！」

と、次の瞬間――がしゃあああん！　という大きな音と共に、それまで衝撃に耐えてきた屋外用のゴミ箱が、花房の足で蹴倒された。

「はあっ、はあっ、はあっ……ふう」

しかし、そんな悪行をしでかした張本人は、反省の色を見せるどころか、額に浮かんだ汗を拭い、爽やかな笑みを浮かべていた。いや、なんでそんなやり遂げた顔だよ。

「な、なんなんだ、あの女……」

「――⁉　だ、誰かいるの⁉」

やべ、つい声が漏れてしまった。

振り返った花房に見つけられ、思わず硬直する俺。彼女と目がばっちり合い、反射的に苦笑いを返した。すると、次の瞬間――彼女はつかつかとこっちに歩み寄ってきた⁉

うわ、うわ、うわ！　まんさきのＵ－Ｋａが……というよりは、いまゴミ箱を思いっきり蹴倒した女が、どんどん近づいてくるんですけど⁉

そうして、花房は俺の目の前に来ると、どこか嘘くさい笑顔と共に言った。

「見てた？」

何そのセリフと表情。こっわ。

思いつつ、俺は一度唇を舌で舐めて湿らせたのち、それからなんとか声を出した。

「あ、ああ……あ、あんなことしちゃ、駄目だろ……」

「……そっか。告白のくだりは？」

「そ、そこも見てたよ……確かに、さっき告白してきた先輩はクソ野郎だったけど、でも、それでゴミ箱を蹴倒すっていうのは、ちょっと……」

「ふうん。全部見てたんだ？」

「ま、まあ……てか、家帰ったら絶対にプリン食べるって、どういうこと……？」

「…………」

そんな俺の質問に、少しだけ頬を朱に染めると、花房はそっぽを向いた。んん？　なんか恥ずかしがってるっぽいけど、なにゆえに？

それを不思議に思っていたら、次いで彼女は、強く目を瞑って下を向いた。それから、目頭を幾度か揉んだのち、顔を上げて俺を見つめる。……当然、大ファンである彼女に見つめられ、ドキリとする俺だったけど、それも一瞬のことで。それは、何故なら――いま彼女が浮かべている表情が、いつも花房が教室で振りまいているような、それではなく。

どこか背筋の凍るような、綺麗で、だけど冷徹な笑顔だったからだった。

「ねえ、夜宮くん。夜宮光助くん」

「え……な、何で、俺の名前を……」

「憂花ちゃんね、昨日から『どう言えば先輩をあまり傷つけずにフッてあげられるのかな』って、結構頭を悩ませてたわけ。それで憂花ちゃん、色んなセリフを考えて、それなりに緊張して、あの先輩を――久喜先輩って言うんだけど、あの人をフッてあげたのよ。それなのにあいつ、あんな態度取ったわけ。超酷くない？」

「あ、ああ、確かに。あれは酷かった……」

「だからね、さっき憂花ちゃん――こいつのチ○コもぎ取って、二度と女子とエロいことができない体にしてやろうかな、とか思ったんだけど」

「――――」

その強い言葉に、声が出せなくなる俺。――がらがらと、花房憂花への幻想が。

何より、『満月の夜に咲きたい』のボーカルであるＵ－Ｋａへの幻想が、音を立てて崩れていくのがわかった。

「でも、心ん中ではそう思ったとしても、まさか実際にそんな酷い事する訳にはいかないじゃん？　だから、ちょっとだけストレスを発散させてもらったの。誰も傷つかない方法で、ちょっとだけね」

「あの、現にいま、ゴミ箱が傷ついてますけど……」

「人に危害を加えてないんだからいいじゃん」

いや、物を大切にできないやつは、人も大切にできないだろ。

心底そう言ってやりたかったが、彼女の雰囲気に気圧（けお）されて言えなかった。

「じゃ、じゃあ、ゴミ箱を蹴った理由はわかったとして、ええと……家帰ったらプリン食べてやる、っていうのは？」

「や、そんなこと言ってないし」

ぎろり、と鋭い目で睨（にら）んでくる花房。どうやら先の発言の真相は教えてもらえないらしい。……あれかな、花房はプリンが好きで、こんな嫌な目に遭ったんだから、今日は家帰ったら大好物のプリンをたらふく食べて、自分を慰めてやる！　みたいなことかな。

俺がそう考えていると、花房は胡散臭（うさんくさ）い笑みと共に、甘えるような声音で続けた。

「というわけで夜宮くん。契約を結ばない？」

「け、契約……？」

「うん、そう。契約。──憂花ちゃんがいましたことを黙っててくれたら、夜宮くんに得がある契約をしようよ」

「………」

「まあ、より正確に言うなら、イラついた時にゴミ箱をちょっとだけ蹴っちゃうような私の本性を、黙ってて欲しいってことなんだけど」

「ちょ、ちょっとだけ？」

俺はそう言いながら、ゴミ箱の方に視線をやる。──横になったゴミ箱の側面には、大きな凹みができていた。そんな俺の視線に気づいた花房が「うん、ちょっとだけ。なにか問題ある？」と笑顔を見せてくる。こ、この子、さっきから怖いんですけど！

「ともかく、そういう契約。何か夜宮くんの得になるものをあげるから、憂花ちゃんの秘密を黙ってて、っていうお願いなんだけど……てかさ、夜宮くんって、めちゃくちゃ憂花ちゃんのファンだよね？」

「え……な、なんでそれを？」

「だってこの前、長すぎて読むのがダルいファンレターくれたじゃん」

「なんでそれを⁉」

思わず取り乱す俺。……た、確かに、ファンレターは出した。でもそれは、放課後、クラスに人が誰もいない時に、花房の机の中にこっそり入れたし、もちろん差出人として自分の名前を書くなんてこともしていない。

それなのに、彼女はどうしてそのファンレターを、俺が送ったと知ってるんだ……？

俺が疑問を抱いていると、花房はどうでもよさげな表情を浮かべて、続けた。

「私の友達の、姫ちゃんが教えてくれたんだよ。『昨日の放課後、根暗が憂花の机になんか手紙入れてたよー』って」

あのビッチギャルめえええええええ！

いま花房が言った姫ちゃんとは、名前を姫崎林檎という、肌が小麦色に焼けているギャルである。花房と良くつるんでいるカースト上位女子で、どうやらその彼女が——放課後、花房の机にファンレターを入れる俺の姿を目撃していたらしい。それに気づかないとか、うわっ……俺のセキュリティ、ザル過ぎ……？

しかし、ここで上手い言い訳を思いついた俺は、慌ててその嘘を並べ立て始めた。

「い、いや、確かに花房さんの机にファンレターを入れたのは俺だけど、でもあれ、実は俺の妹のファンレターなんだよ！　俺の妹がめちゃくちゃまんさきのファンでさ、お前に渡すよう言われてたんだ！」

「ふうん？　あのファンレター、男っぽい雑な字で、しかも『僕』って一人称で書かれてたけど、それでも妹ちゃんのなんだ？」

「……お、俺の妹は、僕っ娘だからな！」

「妹で僕っ娘って、キャラ濃すぎじゃない？　……ふふっ。でも、そっか。確かに、『あなたの歌声はセイレーンのように美しい』なんて、高校生にもなって書かないよねえ」

「ぐわあああああああああああ！」

深夜テンションで書いたファンレターを読み上げられた！　こうかはばつぐんだ！

いやほんと、深夜テンションって怖いわあ……つか、何だよセイレーンって。高校生男子って、最近読んだ本や漫画、自分の好きなボカロの歌詞に影響され過ぎだろ……。

「ええと、他には……『その歌声は、凍えそうな夜に僕を暖めてくれる焚き火のようだ。力強く爆ぜ、それでいて優しい。あなたの歌声にはそんな強さがある』」

「ぎゃあああああああああああ！」

「『どうか、叶うならいつまでも、いつまでも歌を歌い続けて欲しい。そうしてあなたが歌い続けた先にはきっと、世界平和が待っている筈だから』」

「あ、ああああ……！　も、もうやめてくれ、花房さん……頼むから、もう……！」

「あれあれ？　妹ちゃんが書いたファンレターなら、その内容を憂花ちゃんに言われたところで、夜宮くんには痛くも痒(かゆ)くもないはずだけど、どうしたのかな？」

「い、いや……花房さん、わかっててやってるだろ……？」

「うん」

にっこり笑顔でそう言ってのける花房さん。……なんじゃこいつ！　これが本当にあの花房憂花か⁉　俺が大好きな『満月の夜に咲きたい』のボーカル、U－Kaかよ！

俺が内心でそう騒いでいると、彼女はどこか悪戯(いたずら)っぽく笑いながら、続けた。

「つか、じゃあのファンレターは、あんたが書いたって認めんのね？」

「……ああ、そうだ。あれは確かに俺が書いた。深夜テンションという名の悪魔が生み落とした駄文だよ……」

「そっか。じゃあやっぱ夜宮くんは、憂花ちゃんが大好きってことでいいんだ」

まあ正確には、俺が大好きなのはクラスメイトの花房憂花ではなく、まんさきのU－Kaだけど……俺がそう考えていると、花房は顎に手を当ててしばし考え込むような顔をしたのち、ぴこん、と何か閃(ひらめ)いたような表情を浮かべて、こう言った。

「じゃあ、こうしない？　――あんたがこれから、憂花ちゃんの『こういう部分』をネットに書いたり、他人に言いふらしたりしないでいてくれたら、谷町P太さんが私にだけくれる、『満月の夜に咲きたい』のデモ音源のコピーを、あんたにあげるよ」

「な……ま、マジか⁉」

「うん。ちなみにデモ音源の方は、ミクちゃんが歌ってるよ」

「まままままマジか⁉」

まんさきのデモ音源！　しかも、初音ミク歌唱！　とんでもないお宝だぞそれ⁉

彼女がちらつかせた報酬の凄さに、つい目をキラキラさせて花房を見てしまう俺。それを肯定と受け取ったのか、彼女は呆れたような顔で「それじゃあ、そういう契約で」と言った。……い、いや、そういう契約で、も何も、俺は元々まんさきのファンだから、花房さんが実はアレな性格なんだとしても、それをネットに書いたりはしないんだけど……。

そんな俺の思いなどつゆ知らず、話はまとまったと言わんばかりに、花房は自分が蹴倒した大きなゴミ箱のそばに行くと、俺に向かってこう言った。

「これ直すから、そっち持ってよ」

「あ、ああ……」

それから、大きなゴミ箱を「せぇーの」で立て直す俺と花房。そうして、一応は彼女がした悪行の後始末が終わると、「じゃあ、もう行くね」と言ったのち、花房はここから立ち去ろうとした。

その背中に、俺は慌てて声をかける。……自分から彼女に話しかけるなんて、ファンとしてはあるまじき行為かもしれないけど——でも、ファンだからこそ。これだけは聞いておかなければいけないと思った俺は、彼女を呼び止め、そして尋ねるのだった。

「あ、あの！」

「ん？　なに？」

「は、花房さんは、その……本当は、性格が悪いのか……？」

俺はそう言いながら、思い出してしまう……先程、最低の先輩に嫌なことを言われ、その反動でゴミ箱を蹴りつけていた彼女の姿を。——それは、俺の知っている花房憂花ではなかったし、俺の理想とするまんさきのＵ‐Ｋａでもなかった。

そこにいたのは、俺の知らない、また誰も知らないであろう彼女。

ファンとしてこうあって欲しいという彼女からかけ離れた、性悪な女の子だった。

それが本物だと思いたくなくて、だから俺は彼女に問いかけた。きっぱりと否定して欲しくて、「本当は、性格が悪いのか？」と尋ねた俺に、しかし……花房さんは。

とびっきり純粋な笑顔を見せながら、こう告げるのだった。

「うん、そうだよ。憂花ちゃん、普段はめちゃくちゃ猫被(かぶ)ってるの」

「な——」

「でも、少し考えてみなよ夜宮くん。こんだけ顔が可愛(かわい)くて、こんなにプロポーションが抜群で、頭だって別に悪くない、それでいてとんでもなく歌が上手い女の子が――性格まで良い訳ないと思わない？」

「なああああああああああ⁉」

俺の中にあったまんさきのＵ－Ｋａのイメージが、彼女にそう言われると同時、ド派手なダイナマイトの爆発と共に消し飛んだ。

そののち、その荒野に立っていたのは、彼女。

普段みんなの前では猫を被り、ムカついたことがあったらつい物に当たってしまう、自分の性格が悪いことを悪びれようともしない、彼女――花房憂花だった。

「ふ、ふふふふふざけんな！　お、俺は、俺はなあ……！　まんさきのＵ－Ｋａが大好きで、インタビューで物腰柔らかな受け答えをしている彼女の発言を見て、なんていい子なんだ！　この子にならまんさきのボーカルを任せられる！　と思ってたのに！」

「なんでいちファンでしかないあんたに、そんな風に思われなきゃいけないのよ。別にあんたに認めてもらわなくたって、憂花ちゃんはまんさきのボーカルなんですけど」

「まんさきのＵ－Ｋａはこんなこと言わないのにいいいいぃぃぃぃぃ！」

「というか、一つ言っておくと、インタビュー受けてる時の私は全部嘘だから。あれは完全に『まんさきのＵ－Ｋａ』っていうぶあっつい仮面をつけて、現場に臨んでるから。まんさきのインタビューに、憂花ちゃんの素が出てる箇所なんか一個もないよ？」

「嘘だあああああ！」

ルーク・ス◯イウォーカーばりの声量でそう言ってしまう俺。そんな俺の様子がおかしかったのか、花房はくすくす笑いながら、こう続けた。

「アイドルって言葉がどういう意味か、オタクのあんたなら知ってるでしょ？ ──これからも、性格はちょっとアレだけど、歌は世界一うまい憂花ちゃんをよろしくね♡」

「ま、マジで……お前マジでお前……！」

「ばいばーい。また、スマホの画面の中で会おうねー」

花房は俺に向かって手をひらひらと振りながら、足早にその場をあとにする。さ、最悪だ……三次元の女って、マジで最悪だわ……。

「お、俺の推しがあんな、性格のアレな人間だったなんて……」

俺はそう、悲嘆に暮れた声で呟いた。そりゃあ多少なりとも、推しに対して幻想を抱いていることはわかっていたけど……それでも、まさかこんなにも理想とかけ離れているとは、さすがに思ってなかったよな！ ……はあ。なんかすげー裏切られた気分……。

俺はそう脳内で呟きつつ、今更ながらここに来た理由を思い出す。一つため息を吐いたのち、脇に置いていたゴミ袋を手に持つと、屋外用のゴミ箱の中にそれを放り込んだ。

　ちなみに、そのゴミ箱は何故か、誰かの怒りを受け止めたかのように、一部分が大きく凹んでいるのだった。……家に帰ってプリン食うまで、我慢できなかったのかよ。

第三話　推しから呼び出しを食らった。

まんさきのＵ－Ｋａがかなりアレな性格をしていると発覚した翌日。昼休みの時間。

昼食を食べ終えた俺は自席から、花房が一部の本当に仲の良い女友達と共に、流行り物好きのクラスメイト達に群がられているのを、遠巻きに見つめていた。

「憂花ちゃんってさ、好きな動物とかいるの？」

「好きな動物？　うーん、ウサギかな。目とか耳とか、超可愛くない？」

「わかる！　ウサギいいよね！」

「好きな映画は？」

「映画はあまり見ないから、詳しくないけど……『ミニオンズ』とか好きだよ」

「音楽はなに聴いてるの⁉」

「ボカロとか結構聴いてるかな。私、ちょっとオタクなところあるから」

「てか、憂花ちゃんって歌が激うまだけど、なんでそんな上手いん？　やっぱ才能？」

「げ、激うまって……いま上手くなろうと頑張ってる最中だから、月吉さんにそう言ってもらえるほど上手くはないと思うんだけど――でも、褒めてくれてありがとね」

「えへへー。どういたしまして」

「ただぶっちゃけちゃうと、歌に関しては全然、自分の才能って感じじゃないかな……いま私、ボイトレに通ってるんだけどね、その先生がすっごい教え方が上手で！　だから、私が少しでもみんなに歌が上手いと思ってもらえてるのなら、その人のおかげかな」

「……本当、あんたって凄いよね。何というか、他人よりも明らかに秀でてるのに、調子に乗ってないっていうか。人間としてでき過ぎじゃない？」

「そ、そう？　でも私、調子に乗る人ってあんまり好きじゃないから、だからっていうのはあるかな……よくお父さんには、『うぬぼれない人間になりなさい』って言われてたし、だからうぬぼれないようにしようとはいつも思ってるよ」

「め、女神様や……このクラスに女神様がおわせられるで！」

感動したように、花房に群がる取り巻きの男子Aがそう言った。お前、なんでいきなり関西弁なんだよ。ここ、埼玉だぞ。サイタマラリアの発生源だぞ。俺達みたいな埼玉県民はそこらへんの草しか食っちゃいけないって知らないのかよ。

思いつつ、俺は一つ息を吐く。たぶん俺だって昨日のことさえなければ、彼のように花房を崇拝していただろう……しかし、彼女の本性を垣間見たばかりの俺には、わかる。

花房はいま、国語辞典くらい分厚い仮面を被って、クラスメイトと接していた。

……いやほんと、よくもまあそんだけ上手いこと仮面を被れるもんだと、感心してしまう。俺みたいな、建前を上手く使いこなせない不器用な人間とは大違いだ。

「あはは、女神って……逆にやりづらいから、あんまり大げさなこと言わないでよ」

そう言って、温和に笑う花房。彼女は誰がどう見ても、性格のできた良い子で。自分が有名人であることや、容姿端麗であることを鼻にかけていない、素敵な女の子だった。

しかし、それは彼女の本当の姿ではなく、人前用の擬態で——実際の彼女は、イラついた時にはゴミ箱を蹴りつけてしまう程度には、腹黒い女の子だった。

……ただ、そんな本質を抱える彼女ではあるけど、それが周囲にバレる可能性は、今後も低いと思われる。

それは何故なら、彼女が被っている仮面の精度が、あまりにも高いからだ。

だからこそ、昨日の俺みたいに——「彼女の本性を垣間見る出来事」にでも遭遇しなければ、彼女が仮面をつけているなんて、周囲の人間は考えもしない筈だった。

「そういうとこも含めて、マジで怖い女だな……」

俺の口からつい、率直な感想がまろび出る。

と、次の瞬間——ふいに、花房がこちらを見てきた。

目と目が合い、色んな意味で心臓が早鐘を打つ。それから、俺に見られていたことに気づいた彼女は、にこっ、と柔和に微笑んだ。……せっかく俺の推しが笑顔をくれたっていうのに、含みしか感じないのは何故なんですかね？

「ごめん、少しお手洗い行ってくるね？」

そう言って花房は席を立つと、教室後方の扉に向かって歩き出した。……すると、その途中。俺がいる席のすぐ横を通った彼女は、刹那——甘く囁くように、呟いた。

「ちょっとツラ貸して♡」

「——————」

怖っ！　何その呼び出し文句！

そんな感想を抱く俺を尻目に、花房は教室後方の扉から廊下に出て行った。……それを受けて、俺もしぶしぶ席を立ち教室を出る。足早に歩く花房の背中を追いかけると、彼女は空き教室の中に入ったので、俺も恐る恐るそこに入った。

そしたら、そこには——。

「あのさあ……あんた、さっきから見過ぎだから。まあ憂花ちゃんはこの学校で一番可愛いし？　だからあんたみたいな、女の子とまともに喋ったこともないオタクが、憂花ちゃんに目を奪われちゃうのも仕方ないけどさ。でも、少しぐらい自重してくれない？」

空き教室の椅子に足を組んで座り、そんな酷いことをまくしたてる——分厚い仮面を取り払った、まんさきのU－Kaではない誰かがいた。……これ、仮面を被って性格を偽ってるとかじゃなくて、もはや双子の妹とかなんじゃないの……。

思いつつ、俺はおずおずと口を開く。乾いた唇から必死に言葉を絞り出した。

「……お、お前こそ。さっきのあれ、なんだよ。めちゃくちゃ猫被ってるじゃねえか」

「そうだよ？　つか、昨日言ったじゃん。憂花ちゃん、めっちゃ猫被ってるって」

「いや、確かに言ってたけどさ……改めて見ると、お前、とんでもねえなって……」

「ん、褒めてくれてありがと。——でも、その程度の褒めじゃ憂花ちゃんにはもの足りないから、もっと褒めなよ」

「いや、そもそもが褒めてねえんだけど？」

俺がそうツッコんでも、花房はそれを無視してうんうん頷きながら「いやー、憂花ちゃんは本当に、猫を被るのが上手だからね。将来は女優にでもなろっかなー」と呟くだけだった。……さっき、うぬぼれないよう心掛けてるとか言ってたのはどこのどいつだよ。

「というか、憂花ちゃんが演技の天才とか、あんたに言われなくても自分でわかってるから、それはどうでもよくてね？　そうじゃなくて、憂花ちゃんが夜宮くんをここに呼び出したのは、警告というか……端的に言えば、他人の目がある教室ではできるだけ、さっきみたいに憂花ちゃんに絡んでこないでくれない？　ってことなんだけど」

「……いや、さっきみたいに絡んでこないで、も何も……別に俺、お前と一ミリだって絡んでないんだけど？」

「でも姫ちゃんが、『さっきから根暗がこっち見てんだけど』って言ってたから」

「…………」

なにそれ、辛い。俺みたいな陰キャは、女の子を見るのも許されないんですか？

心が折れそうになっていると、そんな俺を見て花房は、少し慌てた様子で続けた。

「別に、夜宮くんが私の秘密を知らないただのクラスメイトだったら、憂花ちゃんを見るのも全然構わないよ？　下々の者から向けられる好奇の視線を受け止めるのだって、私の仕事だし。だいたい、有象無象に見られて動揺するような憂花ちゃんじゃないしね」

「おい、お前いま俺やクラスメイトのことを有象無象って言ったか？」

「でも、夜宮くん——あんたはもう、私の秘密を知ってるでしょ？　だからこそ、今後はなるべく憂花ちゃんに対して、ちゃんと距離を取って欲しいのよ。憂花ちゃんとあんたの間に関係があるとバレて、そこから憂花ちゃんの本性もバレちゃうのが嫌なんだよね。だから、これからはあんまり憂花ちゃんを見たりとか、そういうのはしないでもらえる？」

「…………」

「まあ、うちのクラスの男子は、憂花ちゃんを見ることで日々の元気を貰っているわけだから、あんたには酷な話だと思うけど」

「それを自分から言うんじゃねえ」

実際、花房が俺達男子の目の保養になっているというのは、確かにそうだった。まんさきのU－Kaだと判明する前から彼女、男子人気エグかったからな……。

というか……ははーん？　こいつ、さてはアレだな？　自分がそんだけ可愛いことをちゃんと自覚してて、だからこそ他人をナチュラルに見下している、そんなクソ女だな？

俺はそう考えながら、一つ息を吐く。言ってることは無茶苦茶だけど、しょうがない。ここで駄々をこねても何の生産性もないと思った俺は、花房にこう告げた。

「ああ、わかったよ。これからは極力、花房さんのことは見ないようにする。……だいたい、猫を被ってる花房さんなんか見てても、気分が悪くなるだけだしな」

「……夜宮くんって、憂花ちゃんの大ファンなくせに、割と言う事が刺々しくない？　もっと憂花ちゃんとお喋りできて嬉しいって、むせび泣いてもいいんだよ？」

「誰がむせび泣くか。……つか、勘違いしてるっぽいから言うけど、俺は別に、お前が好きな訳じゃないからな？　歌がめっちゃ上手くて、ウェブや雑誌のインタビューで真摯な受け答えをしてた『まんさきのU－Ka』のことが、俺は大好きで——だからこそ、あれは演技でした、って言ってるいまのお前には、むしろムカついてるんだよ」

「……可愛さ余って憎さ百倍、みたいな？」

違えよ、とも言えないのが難しいところだった。

というか、俺の感情としてはそうなのかもしれない……まんさきのU－Kaの大ファンである俺が、いまの花房に対して「なんじゃこの女！」となっているのは、彼女に騙されていた事実がショック過ぎたあまり、反動でそうなっている部分も大きいのかもな。

「……実際、どれくらい嘘だったんだ？」

「ん？　どれくらいって？」

「だから、その……まんさきのU－Kaとして答えてた、インタビューの内容だよ。さっき教室でも話してたけど、ああいう回答をまんさきのインタビューでもしてたよな？」

「うん。一応憂花ちゃんの中に、『まんさきのU－Ka』っていう設定の私はいるからね。インタビューを答えてる時の私——それから、クラスメイトと一緒にいる時の私は、その仮面を引っ張り出してきて、それを被ってる感じかな」

「ええと、じゃあ……好きな映画が『ミニオンズ』って言ってたのは？」

「嘘。本当は『ボーン・アイデンティティー』」

な——ゴッリゴリのスパイ映画じゃねえか！　良い映画だけど！　意外過ぎるわ！　俺は内心でそうツッコみつつ、インタビュー記事の内容を思い出しながら、質問を重ねた。

「自分の歌が上手いのは、ボイトレのおかげですって言ってたのは？」

「まるっきり嘘って訳じゃないけど、まあ、憂花ちゃんがそもそも持ってる才能のおかげだよね！　ぶっちゃけボイトレなんかしなくても、憂花ちゃん歌上手いし」

「……好きな動物がウサギって言ってたのは？」

「もうめっちゃ嘘。男受けとか狙って、そう言ってただけだよ。――本当はね、ヒョウ！　ねえ知ってる？　ヒョウって、自分の体重の十倍の獲物も倒せるんだよ！　カッコいいよねえ、ヒョウ。憧れるなあ……憂花ちゃんもああなりたいなあ……」

「……血液型はＡＢ型って言ってたのは？」

「嘘。本当はＢ型。……や、言わせんなし。でも、偽ってるのは血液型ぐらいで、身長や体重はぜんぜん偽ってないよ。憂花ちゃん、偽る必要なんてないくらい、プロポーションやばいし」

「……長所はどこですか、って聞かれて、『強いて言えば歌ですけど、それもまだ成長途中で、だから長所と呼べるほどのものはまだ持ってません』って言ってたのは？」

「嘘に決まってるじゃん。だって見てよ。――憂花ちゃんだよ？　長所じゃないところを探す方が難しくない？」

「……短所はどこですか、って聞かれて、『いっぱいありますけど、努力をするのが苦手なところが、特にそうだと思います』って言ってたのは？」

「あ、それはちょっとホント。憂花ちゃん、努力とか超苦手だもん。でも正直、その短所を直す気はさらさらないんだけどね。——だって憂花ちゃん、努力なんてしなくても、全てのものに手が届くから。だから努力するのが苦手でも全然困らないんだよね」

「ふざけんなこの大嘘つきうぬぼれ性悪女！」

「な——いきなりなんて酷い悪口言うわけ⁉　つか、あんたも大概キモいから！　どうして憂花ちゃんのインタビューの内容、そんなに覚えてんのよ！」

「大好きだからに決まってるだろ！」

「う……そ、それは、ありがとね？」

「大好きなのはお前じゃねえよ！　まんさきのＵ‐Ｋａだよ！」

「お前じゃねえって何よ！」

いっちょ前に頬をほんのり朱に染めて、もじもじと感謝の言葉を伝えてきた花房が、俺の発言を受けてそう怒鳴った。さっきから話を聞いてれば、なんだよこいつ……そりゃ昨日、ああいう事があった時点でわかってたけど、わかってたけどさあ……！　それにしたって彼女、まんさきのＵ‐Ｋａとは全然キャラクターが違うじゃねえか！

「う、ううう……お、俺は、本当に……Ｕ‐Ｋａのことが大好きなのに……」

「だ、だから、ありがとうって……」

「だから、お前じゃねえって……」

「……本当、どうしたらいいのよこの気持ち。まんさきのU－Kaをこんなに好きになってくれたファンがいるのは嬉しいのに、そいつからこんだけ嫌われてるって、どういう状況なの……？」

「血液型がB型だったって、マジかよ……」

「しかも、一番ショック受けるのそこなんだ……てか、え？　あんた、ちょっとだけど泣いてない？」

「泣いてないっ！」

「いや、泣いてる時に意地張ってる奴(やつ)の言い方じゃんそれ……」

目から溢(あふ)れてくる雫(しずく)を乱暴に手の甲で拭う。こんなことで泣いてしまうなんて、めちゃくちゃ恥ずかしい。恥ずかしいけど、よくわからない悔しさが溢れて止まらなかった。

いま俺が抱えている感情を、どう表現したらいいのかわからない。――失望？　それだけ？　確かに俺は花房に対して、失望もしてしまっているけれど……もっと正しく表現するならそれは、喪失、と言った方が近いのだと思う。

俺がイメージしていた『まんさきのU－Ka』は、実はどこにもいなかった。

それに気づいた瞬間、俺はどうにも悔しくなって——何より、悲しくなって。

そうして、自分が心から推していた彼女がまるっきりの偶像だったと判明してしまったからこそ……俺はいま、だらしなく涙を流しているのかもしれなかった。

そこまで考えたのち、俺は零れた涙を再び手の甲で拭い切ると、どこか気まずそうな顔をした花房に、こんな質問を投げかけた。

「ど、どうして、こんな嘘をついてたんだよ……」

「………」

俺の言葉に、花房は口を引き結ぶ。

次いで、彼女はしばし考え込むような顔をしたのち、ふいに——驚くほど綺麗な微笑を浮かべて、俺を見つめてきた。……そこにあったのは嘲笑ではなく、紛れもない優しさで。

それを見た俺はつい、息を呑んでしまっていた。

「あんたみたいなファンを、騙したかったの」

「な……ファンを騙したかったって、お前……」

「いや、それに関しては、ファンを騙して弄びたかったとかじゃなくてね？　むしろ、まんさきのU‐Kaとして、騙してあげたかったというか——って、やばいやばい。ちょっと喋り過ぎてるかも私。こんなこと、こいつに言うべきじゃないでしょ……」

花房はそこで言葉を切ったのち、勢いよく椅子から立ち上がる。

それから、ごほん、と一つ咳払いをすると、この話は終わりだとでも言うように、彼女は改めて告げた。

「ともかく！　あんたは今後、一年D組の教室では一切、憂花ちゃんと絡もうとしないように！　話しかけるなんてもってのほかで、じっと憂花ちゃんのことを見つめるのも禁止だから。それ破ったら、デモ音源あげないからね。——返事は？」

「……はい」

「憂花様、僕みたいな下賤の者とお喋りして下さり、ありがとうございました——はい復唱して」

「憂花様、僕みたいな——いや誰が言うかよ」

「あはは。途中まで言ってたじゃん」

花房はそう言って笑いながら、さっさと空き教室から出て行く。去り際、「一緒に戻ってきたと思われたらやだから、あんたはしばらくそこで時間を潰してから、あとで教室に戻ってきてね」と言われた。どこまでも自分勝手な女だった。

「……はあ。なんか……すげー疲れた……」

意外なことに、大ファンである彼女と一緒にいて緊張したから、という疲れは一切ない。

というか、俺はまんさきのＵ－Ｋａが大好きなのに、緊張自体は全然しなかった。

たぶん、俺が大好きな彼女が、いま会話をしていた彼女とは別人だと、わかっているからかもしれない。……いやほんと、推せないわあ、推しの本性……もちろん、まんさきのＵ－Ｋａを応援する気持ちは未だ消えてないんだけど——血液型がＢ型の、好きな動物はヒョウで、イラついた時には業務用ゴミ箱の側面を蹴っちゃうような彼女は、ちょっと推せねえよなあ……。

だいたい俺、花房憂花という個人のことも普通に、クラスにいるめっちゃ可愛い女の子として、それなりに憧れてたんだけどな……彼女の裏の顔を知ることで、その憧れも砕かれちゃったぜ……。

「いやほんと、騙すのなら最後まで騙しきってくれよな……」

俺のそんな呟きが、誰もいない空き教室にぽつりと落ちる。彼女に騙されて、「花房さんは女神だ！」と騒いでいるクラスメイト達が、心底羨ましかった。

つか、お前らが女神だと思ってありがたく信仰しているあれ、実はとんでもない悪魔だからな？　お前らがしてるのは、女神信仰じゃなく悪魔崇拝だから。あとになって、俺みたいに傷ついても知らねえからな！

第四話　推しにチャリをパクられた。

いつも通り部活を終えた、午後五時過ぎ。

俺は一人校舎を出て、自分の自転車がある駐輪場に向かっていた。

ただ、部活を終えた、とは言っても、俺の所属する文芸部に、部活動と呼ぶべき活動は存在していない。

部員は俺と、他に同学年の女子が一人いるだけで、しかも彼女は幽霊部員だし——一方の俺も、文芸コンクールに向けて作品を書いたりはしておらず、文芸部にあるパソコンを使って、自分のブログを更新してるだけだしな。

そうして俺は駐輪場へと辿り着く。すると、俺のチャリを含めて、自転車が一列、綺麗に横倒しになっていた。まあ、今日は風が強かったからな……クソが。

そんな風にイラついてしまいつつ、俺はまず隣のチャリを起こした。それから、自分のママチャリを起こして、それに乗ろうとしたけど——。

「…………」

視界に入るのは、風のせいで横倒しになっている、十数台のチャリ。

別に、直さなくていい。俺のじゃないチャリが、俺のせいじゃない理由で横倒しになってるだけだ。だから、そこまでしてやる義理なんかこれっぽっちもない。

だというのに、少しだけ考えてしまった。

これから部活を終えた彼や彼女らが、くたくたになってこの駐輪場に辿り着き、自分のチャリが横倒しになっているのを見つけたら——さっきの俺のように小さくイラついてしまうのだろうか、なんてくだらないことを。

「………はあ……」

こういう時、想像力が豊か、というオタク男子の性質は、本当にやっかいだと思う。想像しなくていいものまで、想像しなくていいのにな……俺はそう思いつつも、横倒しになった自転車を、一つ、また一つと起こし始めた。

勘違いしてもらっては困るけれど、俺は別に、善人という訳じゃない。

だって俺は本当に、こんなことをやりたくはないのだ……でも俺は、ただ俺のために。このまま家に帰ったら、これを直さなかったことに対して絶対もやもやした気持ちになるであろう俺のために、いま他人のどうでもいいチャリを直しているのである。

つまるところ、ちゃんと自己満足なんだ。

だから言うなればこの行為は、限りなく善に近い偽善だった。

……ほんと、こんなに複雑な感情を抱えてる高校一年生、俺以外にいる？　まーたラノベ主人公ムーブしてるよ俺。カッチョいいなあ……そう考えることで自分を慰めつつ、チャリンコを一台、また一台と起こしていると、ふいに——。

他人を小馬鹿にしたような声が、俺の背後から聞こえてきた。

「そんなことして、楽しい？」

……最悪だ。いま一番会いたくない奴に、絶妙に見られたくない場面を見られた。

そうして、俺が恐る恐る背後を振り返ると、そこにいたのは——つけているマスクを顎の下にずらしながら、俺を見てにやにやと口元を綻ばせる、花房憂花さんだった。

「……ええと、学校では絡むなって言ってませんでしたっけ？」

「学校で絡むな、なんて言ってないじゃん。教室では絡まないで、って言っただけ。つか、憂花ちゃんの方から絡むのはいいの。あんたの方から絡んできたら、『なに路傍の石ころが女王様に話しかけてきてんの？　立場わかってる？』ってなるけど、女王様が路傍の石ころを気にかけるぶんにはいいんだもん」

「自分のことを王女じゃなく女王って言ってるあたりに、お前の性格を垣間見るなあ」

どこまでも他人を見下したクソ女だった。俺の前でもあの、クラスメイトの前ではつけてる、スフレパンケーキぐらい分厚いペルソナつけろや。

俺がそう呆れていると、花房はどこか上機嫌な様子で、軽快に言葉を続けた。

「でも、意外かも。夜宮くんってこういうことはしないタイプというか、自分だけ良ければそれでいい、って人間だと思ってたから。あんたってけっこう偽善者なの？」

「なんだその文章。そんな尋ね方があるかよ……」

「ちょっと、質問にツッコミで返さないでよ。それで会話終わっちゃうじゃん。——もしかしなくてもあんた、会話下手？　だから友達いないんだ？」

「お前こそ、相手の気持ちを思いやるのが下手過ぎない？」

俺がそうツッコむと、あははっ！　と声をあげて笑う女王様。たぶん、前世はマリーアントワネットか何かだった。そういえば、性格とかも似てるもんな！　俺はそんなことを思いつつ、『偽善者なの？』という彼女の質問に、改めて答えた。

「まあどっちかっつうと、俺は偽善者だろうな……別にこれだって、高潔なボランティア精神からやってる訳じゃないし。だから、善人じゃないのは間違いない」

「……なんかその言い方だと、『俺は偽善者だ』ってニヒル気取ってるだけの、ただの善人っぽく見えるけど？」

「……そ、そんなことはないですけど？」

「ふうん？　まあ、そういうことにしといてあげるよ」

花房はそう言って、意味深な笑みを浮かべた。……やりづらいわぁ、こいつ……。

ともかく、俺は彼女には構わず、チャリを起こす作業を再開する。すると、隣にいた花房がふいに、横倒しになったチャリの列の、俺がいる方とは反対側の端に行き——「んしょ」という掛け声と共に、なんと俺と同じように、倒れたチャリを起こし始めた。

その予想外の行動に、思わず目が点になる俺。

だからつい、驚きの感情と共に、俺は彼女に尋ねた。

「て、手伝ってくれるのか？　お前、性格悪いのに……」

「性格悪いのに、ってなによ！　男性器握り潰すよ⁉」

「女の子がする発言じゃなさ過ぎるだろ……い、いやでも本当に、ちょっと驚いてさ。俺が最近知った花房さんって、こういうことをする人じゃないと思ってたから」

「別に、憂花ちゃんは性格悪いけど、こういうことをしない訳じゃないもん。——もちろん、誰も見てなかったらこんなことやらないよ？　でも逆に、誰かが見てる時には、こういうことをやって『やっぱ憂花ちゃんは良い子だなあ！』って思わせないとだから、本心ではやりたくなくても、全然、こういう偽善はやるんだよ」

「なるほど、クソみたいな理由だな」

乱暴な言葉がまろび出た。……いやでも、俺以外に彼女の『善行』を見てる人なんて、いま俺達の周りにはいないいんだけど。まさか俺に「良い子だなあ」って今更思わせたい訳じゃないだろうし、だとしたら、なんか発言と行動が矛盾している気がするが……。

もしかして彼女、理由もなく俺を手伝うのが恥ずかしいから、わざと偽悪的に振る舞っているのでは——俺はそんな穿ったことも考えつつ、手を動かし続けた。

二人で作業したため、俺達はすぐにチャリを起こし終える。すると、俺の正面に立った花房は「ん」と言いながら、俺に左手の手のひらを差し出してきた。

？？？　なんだこの手は？

「お、お前、それはもしかして、俺にお手をしろとか……？」

「だから憂花ちゃん、そこまで性格悪くないってば……ほんと、あんたって私をなんだと思ってんの？」

「第六天魔王」

「ほんとになんだと思ってんの!?」

「いやでも、自分のことを『憂花ちゃん』って呼んでる女が、性格のいい子だとは思えないだろ……ずっと気になってたんだけどさ、それ、やめた方がいいんじゃないか？」

「それくらいわかってるし。だから憂花ちゃんも、普段は自分のことを『憂花ちゃん』なんて呼ばないいんじゃゃん。憂花ちゃんが憂花ちゃんを憂花ちゃんって呼ぶのは、どうでもいい相手と一緒にいる時だけだよ！」

「なにそれ、全然嬉しくない。というか、憂花ちゃん憂花ちゃん連呼すんのやめてくんない？　なに言ってんのかわかんねえぞそれ」

「こ、こんな私を見せるの、あんただけなんだからねっ！」

「そのツンデレ風セリフも、全然嬉しくねえなー……オタクってこういうこと言ったら喜ぶんでしょ？　っていう考えが透けて見えて、めちゃくちゃ嬉しくねえ……」

「うそ。あんたってエスパー？」

「そこは否定すべき場面なんだよなあ……」

げんなりしつつ俺がそうツッコむと、あははっ、とまた楽しそうな声をあげて、花房は笑顔を見せた。……こうして無邪気に笑ってる時の顔は、本当に可愛いんだけどな。

「というか、さっきから話脱線してるから。そうじゃなくて——ほら」

花房はそう言いつつ、再度、左手の手のひらを俺に差し出してくる。その理由がよくわからず首を傾げていると、彼女は呆れたようにため息を吐いたのち、こう言った。

「早く。お金」

「お前ほんといい性格してんな⁉」

「ふふっ、あんたに言われてもそんなに嬉しくないけど、褒めてくれてありがと」

「いや、だから褒めてねえんだって……どうしてお前はすぐに、褒めてないことまで褒め言葉だと思っちゃうの？　俺が言ってる言葉とお前が聞いてる言葉って本当に同じ？」

「え？　だっていま、『ほんと性格いいな！』って言ってくれたじゃん」

「『いい性格してんな』って言ったの！　日本語の奥ゆかしい、皮肉的な表現なの！　どうせお前のことだから、わざと取り違えてるんだろうけど！」

「うん」

「うんって言っちゃったよこいつ！」

抱いた感情そのままに、俺はそうツッコむ。……ほ、本当に、この女は！　よくもまあそんな性格で、まんさきのU－Ka（ゆうか）としての仮面を被（かぶ）れてるな！

そう思いはしたものの、理由はどうあれ、俺の偽善に付き合ってくれたのは確かにそうなので……俺はしぶしぶ学生カバンからサイフを取り出すと、彼女に尋ねた。

「で？　いくら欲しいんだよ」

「え、ちょ——や、お金ちょうだいとかは、さすがに嘘（うそ）だから。ちょっぴりお茶目な憂花ちゃんの、可愛らしいジョークだから。それ仕舞いなって」

「……お茶目でも可愛らしくもないけどな、そのジョーク」

「だいたい、憂花ちゃんまんさきのボーカルとしてもう立派にお仕事してるから、お金めちゃくちゃ持ってるし。あんたみたいな親の脛齧ってるだけの高校生とは比べ物にならないくらい大金持ちだから、そんなはした金なんて全然いらないのよ」

「マジお前が男だったら絶対一発ぶん殴ってるのに！」

俺はそう、ツッコミではなく魂の叫びをする。ラノベの世界には、女でも容赦なくグーで殴る主人公がいるらしいけど、さすがにそこまでの覚悟はないからな……。

とりあえず、自己満足的な偽善行為はもう済んだので、「じゃあ俺、もう帰るから」と花房に言いつつ、俺は自転車に跨った。

すると彼女は「ん。じゃあね」と言って、俺に手を振ってくる。……彼女の性格がアレなのをわかっているのに、手を振られただけでドキドキすんな。自分自身にそうツッコんでいると、ふいに花房が「あ」と何かに気づいたような声を出したのち、尋ねてきた。

「夜宮くんって、帰り道どっち？　大宮方面？」

「え？　そうだけど……」

「じゃあ、学校最寄りの駅前も通る感じだ？」

「うん。……それがなんだよ？」

「いや、じゃあちょうどいいかなって。――これくらいの見返りは、いいよね？」

花房はそう呟くと、俺に向かって歩み寄ってくる。……な、なんだよ。相手がお前とはいえ、あんま近づかれると、さすがに緊張するんだけど？

そんな風に俺がたじろいでいたら、急に花房が「ねえ。あんたの自転車、けっこう乗り心地良さそうだよね？　ちょっとだけ乗ってもいい？」と聞いてきた。……は⁉　お、俺の自転車に乗る⁉　そ、それって、つまり――。

「お、俺とお前で、二人乗りをするってことか……⁉」

「え？　……ああ、違う違う。そうじゃなくて、憂花ちゃん一人で、あんたのチャリのサドルに跨ってみてもいい？　ってことなんだけど」

「――――」

顔から火が出るかと思った。

花房の方も、別にわざと紛らわしく言ったとか、そういう訳ではないらしく、ただ単に俺が勝手に自爆したみたいでクッソ恥ずい。誰かいますぐ俺を殺せ。

そうして俺が顔を真っ赤にしていると、何故か花房は、たおやかな笑みと共に――。

「ふふっ」

と、何かいい事でもあったみたいに、笑い声を漏らすのだった。

……おいやめろ。俺を恥ずかしさで殺す気か。何でこういう時こそ「うわなに勘違いしてんのダサー！」とか言ってくれないんだよ……俺はそう思いつつ、すぐさま自転車から降りると、つい早口になりながら言った。

「の、乗りたきゃ乗ってもいいけど別に普通のチャリと変わんないぞ?」

「ふうん、そうなの? それじゃ、さっそく――」

そう言ってサイドスタンドを解除し、俺のチャリに跨る花房。それから、彼女は先程までの微笑を捨て去ると、にやり、と底意地の悪い笑みを浮かべる。な、なんだよ、その顔……わかりやすく悪巧みをしてるみたいで、不安になるんだけど。

それから、花房は顎にずらしていたマスクを口元に上げて表情を隠してしまうと、弾むような声音で続けた。

「ところでさ、夜宮くん。憂花ちゃんって、電車通学なんだよ。でもさ、こっから大宮公園駅まで って、意外と距離あるじゃん? だから、今日も歩いてあそこまで行くのめんどいなあ、って思ってたんだよね」

「は、はあ……それが?」

「だから――今日は憂花ちゃん、このチャリで帰るね!」

「は?」

俺が呆気に取られた、次の瞬間――花房はチャリのペダルに足をかけたまま立ち上がり、ぐいっ、とペダルを踏みこんだ。必然、発進する俺のママチャリ。そのまま、彼女は立ち漕ぎの状態で、駐輪場を飛び出していく……って、おい！　何してんだお前！

「じゃあね、ばいばーい！　チャリは、駅前の駐輪場に停めておくからー！」

「お、おい、待て……ふざけんな花房！　て、てかお前、もしかして——俺と一緒にチャリを立て直してくれたのは、これをするためだったのか⁉　お前は俺のチャリをパクって最寄り駅に行くために、俺を手伝ってくれたんだな⁉」

「いや、別にー？　最初っからそういう目的があった訳じゃないけどー！　でも憂花ちゃん、思いついたら、こういうことする子だからー！」

「豆腐の角に頭ぶつけて死ね！」

俺がそう叫ぶと、遠くから「あははー！」と楽しそうな笑い声が聞こえて、それは次第に遠ざかっていった……マジか、いやマジかこれ……。

正直、二人で一緒にチャリを立て直してる時は、割と楽しいみたいな思いもなくはなかったんだけど、最後の最後で「そうだ、俺がさっきまで話してたのは花房憂花だった！」と思い知らされる、そんな出来事だった。おい、ギャルゲーでもこんなイベント見たことねーぞ。現実どうなってんだよ。

そうして、それから十数分後。花房に対する恨みつらみを脳内で独りごちりつつ、俺が最寄り駅に到着すると、そこには確かに、俺のママチャリがあった。

それを受けて一安心した俺が自分のチャリに近づくと、自転車の籠の中に一枚のルーズリーフが入っているのに気づく。それを手に取って読んでみれば、そこには女の子らしい丸文字で「貸してくれてありがとね♡」という文言が綴られていた。いや、貸してねえんだよ。お前が勝手にパクってんだよ。

「まったく、ふざけんなよな……」

言いつつ、俺は手に取った紙をクシャクシャに丸め――ようとしたけど、何故かそれはできず。だから折り目を一つもつけないまま、学生カバンから取り出したクリアファイルに、それをそっと収納するのだった。

くっ……俺が花房のことを嫌いなのは、本当なのに！　でも俺は、まんさきのＵ－Ｋａが大好きだから、彼女が『ありがとね♡』と書いた紙を捨てられねえ……！

「で、でも実質、これ、まんさきのＵ－Ｋａが書いたサインみたいなもんだからな！　しようがないよな！」

俺はそう、誰にともなく言い訳するように、独りごちるのだった。

第五話　推しはジタリアンだった。

日曜日。たっぷりと惰眠を貪り、正午過ぎに起きた俺が二階にある自室からリビングに下りると、テーブルの上にこんなメモ書きが置かれていた。

『家族で出かけてきます。お昼はこれで何か適当に食べてね。母より』

いや家族で出かけるって、じゃあ置いてかれた俺は何なんだよ。もしかして俺、橋の下から拾ってきた子なん？　ならその割には両親に愛されてるからいいか。いいのかよ。

「……しゃあない。なんか食いに行くか……」

メモに添えられていた千円札を手に取り、適当な格好に着替えて家を出る。

それから時間は進んで、午後零時半過ぎ。

俺は徒歩で、大宮駅東口前にやって来ていた。

なんと我が家は、埼玉県内において断トツで栄えていると言われる大宮駅（あくまでも個人の感想です）にそこそこ近いので、ふらっと家を出るだけで食べ物屋には困らないのだ。そうして駅周辺を歩いていると、とある気になる店を見つけ、俺は足を止めた。

そこは赤い文字で『ラーメン』と、そして黒い文字で『G太郎』と書いただけの、シンプルな黄色い看板を掲げた店だった。

ラーメンＧ太郎なあ……麺は極太、野菜も大盛りの、ガッツン系ラーメンを出す店だっていうのは知ってるけど、あそこってなんか、独自の文化があるじゃん？　だから食べてみたい気持ちはあるけど、こういう時にふらっと入りにくいんだよな。

そんなことを考えつつ、その昂然とした店構えを見ていると、そこから一人の女性が出てきた。彼女はだぼっとした白い薄手のカーディガンに、ピンク色をした膝上丈のフレアスカート、加えて紺色のハイカットスニーカーという出で立ちで……マジか。男の連れもなしに、女性一人でＧ太郎って凄いな。

そう感心した俺が、その女の人をまじまじと見ていたら……え？　いや、つか待て。

あれって、もしかして――。

「……はあ……♡」

彼女はどこまでも幸せそうな表情で、深々とため息を吐いた。

それから、胃に入れたラーメンのぶん、ぽっこりしたお腹をさする。そして、もう一度にっこりすると、首にかけていたタオルで額の汗を拭いた。……あの、見たことはないんですけど、彼女の行動が『美味しいもので満腹になった時のデブのそれ』なんですが。マジで何してんだあいつ。

次いで彼女は、はっ、と今更何かに気づいたような顔をすると、手に提げていたバッグにタオルを仕舞ったのち、そこから帽子、マスク、サングラスを取り出して、装着。そうして顔を完璧に隠すと、いま着ている大人っぽい服装とも相まって、お忍び芸能人みたいな格好になる。それから彼女は、その顔を俺がいる方に向け――硬直した。

「――」

「…………」

彼女はサングラスをかけているので、その目が俺を捉えているのかどうかは、わからない。でも、わからない筈なのに、わかってしまった――俺はいま、彼女にめっちゃ見られていた。……なるほど。これが、ヒョウに見つかった時のインパラの気持ちですね？

とりあえず、ぎぎぎ、と錆びついたロボットのような挙動で回れ右をすると、俺は彼女から逃げるように早足で歩きだした。

こつこつこつこつこつ。

……ああ、駄目だ。背後から誰かの足音がする！　それにビビった俺は更に早足になるも、背後の誰かもそれに合わせて、更に早足になった！

「なんで逃げるの」

ひいいいい!?　声をかけられた!?

や、やめて！　近づかないで！　俺は何も見てないから！　学校中のみんなが憧れるあの子が、ラーメンG太郎から出てきた場面とか、ぜんっぜん見てないから！

俺がそう脳内で叫んだところで、それはあとの祭り。次の瞬間——がしっ、と。早足で俺を追いかけてきた背後の誰かに、俺は右肩を摑（つか）まれた。

「ぎゃあっ！」

「つーかまーえたっ♪」

そうして俺が振り返ったその先には、マスクとサングラスを取り、ニンニク臭い息を吐く女が——花房憂花（はなふさゆうか）が立っていたのだった。口裂け女がいるよりよっぽど恐ろしいわ！

「ねえ夜宮（よみや）くん。確か人間って、脳にある海馬って部分で記憶を維持するんだよね？　ということは、夜宮くんの脳を切り開いて、そこから海馬をぶっこ抜けば、憂花ちゃんの失態はなかったことになるよね？」
「やめて。お願いだからやめて花房さん。俺の記憶を物理的に消去しようとしないで」
「あーもう、マジでしくったなあ……久しぶりにG太郎食べたから、ちょっとだけ気、抜けてたのかも……どうしてあんたはそう、憂花ちゃんの見られたくないとこばっか見るわけ？　もしかしなくても、憂花ちゃんのストーカーとかしてる？」

「俺がストーカーとか、そんな下等人種になる訳ないだろ。ファンがストーカーになった時、そいつはもうファンじゃないんだよ。——そこにあるのは自分勝手な欲求だけ。ファンっていうのは、庇護欲にも似た『推しを思う気持ち』を持ってる人間のことを言うんだ。だから、俺達ファンっていうのは、その心を忘れて推しを傷つけるストーカーにだけは、なっちゃいけないんだよ」

「……いや、ただの冗談だったんだけど。マジで怒り過ぎじゃない？」

「お、俺も、別に怒った訳じゃないんだけどな……？」

俺はそう、弁解するように花房に言った。こういう時、相手のした発言をさらっと受け流せずに、マジになって反論してしまうのが、俺のよくないところだと思います！

先程から場所は変わって、駅前の広場。

「ここじゃお客さんの邪魔になるから、ちょっと移動しよ？」と言った花房に引き連れられて、俺はいま、隣に座る彼女から人一人ぶんの距離を離してベンチに座っていた。

「いやでも、俺はうるさいオタクだから、はっきり言わせてもらうけどさ——お前、何やってんだよ……花房さんは仮にも、まんさきのU－Ka(ゆうか)なんだぞ？　それが、ラーメンG太郎ってお前……あまりにも男らし過ぎるだろ！　女の子じゃなさ過ぎるだろ！」

「別にいいじゃん、好きなんだから。——というか、さすがに憂花ちゃんだって、まんさきのU－Kaとして顔出ししてからは、通う回数減らしてたし。だから今日は、久しぶりに満たされてたのに……絶対、誰にも言わないでよ？」

「誰にも言えるかよこんなこと……！」

まんさきのU－Kaは実は腹黒で、人のチャリを平気でパクるような女で、しかも休日にはラーメンG太郎で息をニンニク臭くしてます！　なんて、『満月の夜に咲きたい』というアーティストのことを考えたら、どこにも口外できる訳ないだろ！　ふざけるな！

俺がそう憤っていると、花房は人差し指で俺を差しながら、念押しするように続けた。

「これも、あれだから。あんたが憂花ちゃんの秘密を他人にバラさなかったら、あんたにデモ音源をあげるっていう契約の中に、入れるからね？　憂花ちゃんがラーメンG太郎の常連客、通称ジタリアンだってことを口外したら、約束はナシだから。わかった？」

「ああ、そうしてくれていいよ……それで、他には？　まんさきのU－Kaが大好きな俺をガッカリさせるような秘密がまだあるんなら、先に言っといてくれ。——なんだ？　実は憂花ちゃん、常に五股ぐらいはしてます！　とかか？」

「は？　二股とか、憂花ちゃんそういうのは絶対しないから。つか、男と付き合ったこともまだないし」

「嘘つけ。そんなに可愛くて、彼氏の一人もできたことない訳ないだろ」

「……まあ？　憂花ちゃんはあんたに言われなくても、可愛いって自覚してるけど？　だから、あんたに言ってもらう必要もないんだけど……でも、もっと言ってもいいよ？」

「調子に乗んな。事実を言ったまでで、調子に乗せようとして言った訳じゃねえから」

「その発言がもう、憂花ちゃんを更に調子に乗せてくれるんだけど……でも、本当にそうなのよ。告白なら散々されてきたけど、付き合った経験はないよ」

「……へえ、意外だな。そうなのか……」

「ふふっ。よかったね、あんたの大好きな子が、まだ処女で」

「お、お前……女の子が処女とか言うなよ……」

悪戯っぽく笑う花房に、俺は何とかそれだけ返す。

個人的に、オタク男子である俺なんかは、こうして女子とお喋りする際、下ネタだけは言わないよう細心の注意を払ってしまうんだけど……その辺り、意外と女の子の方が気にしてないのかもしれないな。

とりあえず、下ネタに会話が逸れるのを嫌った俺は、元々の場所に話を戻した。

「ラーメンG太郎、好きなのか？」

「もうマジで好き。大好き。愛してる」

「お前は本当に、まんさきのU－Kaと悉くイメージが違えな……」

「あの豚臭いスープがもう、たまんないよね！　チャーシューも味がしっかりしてて、山盛り野菜も、あのスープだからこそ美味しく食べられて！　──そして何より麺！　博多とんこつ系の細麺もいいけど、そろそろラーメン啜りたいなーって思った時に、思い出すのはあの太麺なのよね！　私絶対、死ぬ前の食事はラーメンG太郎がいい！　というか、ラーメンG太郎のスープに溺れて死にたい！　それが憂花ちゃんの理想の死に方！」

「…………」

「引いてんじゃねえよ」

花房はそう言って、俺の肩を軽くパンチした。……ちょ、やめてそれ……そういうじゃれ合いみたいな身体的接触、めちゃくちゃドキドキするから……思いつつ、俺は一つ息を吐く。それから、彼女の顔は見れないまま、正面を向いて会話を続けた。

「い、いや、別に引いた訳ではないぞ？　いまの熱っぽいトークを受けて、お前が根っからのジタリアンなのは、よーくわかったし……ただ、返すコメントに困っただけだ」

「それが引いてるってことなんですけど」

「にしても、本当にG太郎が好きなんだな……というか、ラーメンが好きって感じか？」

「うん、ラーメン大好き！　つか憂花ちゃん、食べ物ならだいたい好きかも。そもそも、

何かを食べてる時間が大好き、みたいな？」

「なんだその、食いしん坊キャラみたいな発言……ああ、でもそういえば、ウザい先輩をきっぱりフッたら、その腹いせにウザいことを言われたあの日も、『家に帰ったら絶対に、プリン食べる』って言ってたもんな。花房さんって、甘い物なんかも好きなのか？」

「二度とその話やめてね♡」

俺の質問を無視して、どこか恐怖を感じる笑顔と共に、彼女はそう言った。……それなりに時間が経ったいまでも、あの日の『家帰ったらプリン食べる発言』について話すのはタブーらしい。「それ、憂花ちゃんの地雷だから。二度と踏み抜かないでね？」そう言葉を重ねる花房。目が笑っていないのがマジで怖かった。

なので俺は軽く咳払いをしたのち、先の発言はなかったことにして、言葉を繋げた。

「で、でも、女の子がラーメンG太郎に通えるなんて凄いな！　あそこって結構、量が多いって聞くけど、花房さんは食べ切れたのか？」

「うん、もち。そもそも、食べ切れなかったらG太郎は通わないでしょ。それに憂花ちゃん、こんな、女子なら誰もが羨むプロポーションしてるけど、実は結構大食いだよ？」

「え、大食い？　でもお前、お昼の弁当とかはいつも、サラダを食べるだけで終わってなかったっけ？」

「は？　あんた、なに他人の弁当覗き見てんの？　普通にキモいんだけど」

「…………」

心臓を正論というナイフで刺され、血しぶきと共に倒れる俺（比喩表現）。そうだね。クラスの女子がどんな昼食を食べてるのかチェックしてるの、普通にキモいよね……。

俺がそう落ち込んでいると、花房は少しだけ慌てたようなそぶりを見せたのち、彼女にしては珍しい、優しい声音で続けた。

「あ……や。でも、キモいけど、憂花ちゃんはそういうの気にしないから。確かに、クラスメイトとして憂花ちゃんは可愛すぎるから、どんな昼食を食べてるのか、つい気になっちゃうもんね。キモいけど、全然平気だよ、うん。ギリ平気なキモさ」

「お前、俺をちゃんと励ます気ある？」

「ええと、わりかしなくもない、みたいな？」

「花房さんって、こういう時に正直過ぎるだろ」

「あははっ！　確かに、いまのはちょっと正直過ぎたかもね。――でも安心して。あんたの私服がダサいことについては、さっきから憂花ちゃん、正直に言わないでずっと我慢してるから。……ねえねえ、こんな気遣いができる憂花ちゃん、超偉くない？」

「その気遣いもたったいま台無しになりましたけどね！」

俺のそのツッコミを受けて、くふふっ、と楽しそうに笑う花房。一方の俺は、自分の私服を改めて確認し、ちょっと凹んだ……ええ？　確かに俺、ファッションには全く興味がないから、今日も適当な格好をしてるけど、「これ、ダサいか……？」

「うん、ダサいよ」

「他人の独り言に酷いコメントしないでくんない？　お前には人の心がねえのかよ」

「あんたのことはどうでもいいけど、憂花ちゃんのファンがダサい服着て外歩いてるのは嫌だから、次からはもうちょっとマシな格好で歩いてね」

「……俺を思って『服装を変えた方がいい』って言うんじゃなく、『私が気に食わないからやめろ』って言ってんのが、お前らしいなあ……」

俺がそう呟くと、花房はまた天真爛漫に笑った。……俺がかなりキモい発言をしてしまった直後なのに、それでもこうして普通に笑ってくれるあたり、彼女って案外いい子なのでは……俺がそんなことを思っていると、花房は表情をフラットに戻して、続けた。

「てか、話を戻すけど——憂花ちゃん、こう見えてかなり大食いなんだよね。G太郎やラーメンに限らず、食べることがめっちゃ好きだし。何なら、大食いユーチューバーも好きだよ。いつも『そのくらい私だって食べられるけどね！』って思いながら見てる」

「ライバル目線なのかよ。どんだけ大食漢なんだお前」

「中三の頃、袋麺五個を一食でやっつけたことがあります！」

「お前はフードファイターかよ……だっていうのに、じゃあ学校ではどうして、サラダを食べるだけなんだ？」

「あんま大食いすると、私のキャラとそぐわないじゃん。……実は憂花ちゃん、食べても全然太らない体質なんだけどさ。だからって、お昼に大食いして、それでもこのプロポーションを保ってるってバレたら、他の子に嫉妬されちゃうしね。――あんたにはわかんないかもだけど、女子って結構めんどいのよ。だから、その辺のめんどさをなくすために、『私、ちゃんと節制してるよ！』ってポーズを取って、お昼はサラダだけにしてんの」

「…………」

　それは確かに、男の俺にはよくわからない話だった。いや、わからないは言い過ぎなんだけど、そんぐらい別に平気じゃね？　と思ってしまうというか。

　それに、一つだけ疑問に感じることもあったので、俺はそれを口にした。

「でも花房さんって、昼休みはいつも、仲の良い女の子達と食べてるよな？　ミーハーなクラスメイト達と一緒に食べるのならともかく……別に、その人達の前でくらいなら、素の自分で――食べたいものを食べたいだけ食べる自分でいても、いいんじゃないのか？」

「…………」

そう言われて、花房は俺を見やった。一瞬だけ、苦笑いのような表情を浮かべる。しかし、彼女はすぐさまその顔に微笑を張り付けると、俺を諭すように言葉を紡(つむ)いだ。

「確かに、姫(ひめ)ちゃんやほっしーは、間違いなく私の友達だよ。でもね、友達だからって、全部寄りかかっていいとは、私は思わない。――私には、託せないものがあるから。二人のことは大好きだけど、大好きだからって、それを理由に寄りかかっちゃいけないのよ」

「………」

「ちっ。また余計なこと喋り過ぎた。はい、この話終わりね」

花房が口にした言葉の意味を考えていたら、そうやって話題を打ち切られた。それから彼女は「私、絶対に油断してる。よくないなあ……」と、小さく呟くのだった。

「………」

一方、花房のそんな言葉を聞いてしまった俺は、聞こえないフリをした。

花房憂花に踏み込む資格も、そのための勇気も持たない俺は、そうやって彼女からちゃんと距離を取るのだった。

……別に、本音を語り過ぎた彼女を気遣って、あえて花房に踏み込まなかったとか、そういう訳じゃない。俺はただ、推しが隠したがっている部分まで暴こうとするのは、ファンとして正しくないと思ったから――そういう理由で、話し過ぎたと言う彼女から一歩引いただけだった。……ほんとだよ？　ツンデレとかじゃないよ？

そうして、変な沈黙が落ちそうになると同時、花房は努めて明るい声で尋ねてきた。

「ところで、夜宮くんはどうしてあそこにいたの？　あそこで会ったってことは、あんたもG太郎を食べに来てたとか？」

「……いや。俺の方は別に、昼食に何を食べようかなって、ぷらぷら歩いてただけだ。そしたら、俺の推しがジタリアンだったことが判明してな……」

「ギャップ萌えしたってわけね？」

「ギャップ萎えしたんだよ」

「えーうそー？　憂花ちゃんみたいな可愛い女の子が大食いだったら、更に可愛くない？ほら想像してみて？　憂花ちゃんが『ニンニクマシマシヤサイマシアブラカラメオオメ』って注文したのち、フードファイターのようにG太郎ラーメンを平らげる姿を！」

「……俺が愛した『まんさきのU－Ka』はどこに行ってしまったん……？」

「あ、駄目だこいつ。憂花ちゃんに幻想を抱き過ぎてて、ジタリアンな私を受け入れられてないっぽい。憂花ちゃんは可愛いと思うけどなあ、いっぱい食べる私……」

「性格が終わってるからなあ……」

「いや言い過ぎでしょそれ。軽くボコって泣かすよ？」

「お前は近所のガキ大将かよ」

俺がそうツッコむと、また花房は楽しそうに笑って、ベンチから立ち上がる。それから彼女は「さて。それじゃあ、憂花ちゃん帰るから。また学校でね。でも絡まないでね」と言いながら、駅の方へと歩き去っていった。どういう別れの挨拶だよ。

そうして、ゆっくり遠ざかる彼女の背中を、ぼんやり見送っていると……俺はふいに、いま自分が抱いている感情に気づいて、辟易してしまった。

「……おいおい。なんでこんな気持ちになってんだよ、俺は……」

相手は花房だというのに、それでも休日に彼女と絡めて嬉しいと思っている自分に、俺はそうツッコむ。そうなんだよな……俺みたいなモテないぼっちは、そいつがどんな性格であれ、相手が女の子であれば、こうやってお喋りできるだけで嬉しいんだよなあ……。

そういう訳だから世の女性は、ぼっち男子にこそがんがん声をかけるべき。そうすれば高い壺とか、よくわからん絵とか、簡単に売れると思うよ！　ソースは俺。

そんなことを考えながら、俺は再び嘆息すると、ベンチから立ち上がる。

花房との会話を経て、食べたいものが決まった俺が向かう先はもちろん、黄色い看板を掲げるあの店だった。

たぶん、こういう機会でもないと、一生入らないからな……俺はそう思いつつ、ラーメンG太郎の前にできている行列に、早速並ぼうとしたけど――。

「……や、やっぱ、今日はやめとくか……」

どこかギラギラとした目つきで並ぶ常連さん達を前に、軽い気持ちで入ろうとしていた俺はつい、回れ右をして駅の方へと戻り始める。……ま、まあ？　入ろうと思えばいつでも入れるし？　だから別に、今日じゃなくてもいいっていうか？

そうやって脳内で言い訳を重ねていると、ふいに、正面から誰かが近づいてきた。

その人は帽子、マスク、サングラスをつけた、どこか怪しい風体の人物で……彼女は、俺の肩にぽん、と手を置くと、呆れたような口調でこう言うのだった。

「意気地なし」

「な――お、お前、帰ったんじゃなかったのかよ……⁉」

「夜宮くんがラーメンG太郎の方に行ったのを見たから、ちゃんと並ぶかな？　と思って観察してたの。そしたら、案の定だもん。いまの行動を見て、あんたの性格がよーくわかった。――夜宮くんって、絶対自分から好きな女の子に告白とかできないタイプでしょ？　そういう大それた一歩を踏み出すのが苦手で、自分にとって大事なことほど、明日になったら、明日こそは、って予定を先延ばしにしちゃう男の子なんじゃない？」

「ぐっ……な、何を、わかったようなことを……」

「余計なお世話かもしれないけど、そんな性格のままだと、一生童貞かもしれないよ？」

「マジで余計なお世話だわ！」

ただ、そうツッコみはしたものの、彼女の指摘はあながち間違ってもいないので、強く反論できないのが辛いところだった……君のような勘のいいガキは嫌いだよ……。

ちなみに、このあと。花房と別れた俺はコンビニに寄り、G太郎系ラーメンを再現したチルドのラーメンを購入し、家でレンチンして食べたのだった。ひとり家で啜るコンビニラーメンは、涙と敗北の味がした――とか言えたら締まるんだろうけど、あれはあれでめちゃくちゃ美味しかった。大手コンビニの企業努力が凄すぎる。

第六話　推しと相思相愛だった。

放課後。本来なら文芸部の部室にいる筈の時間に、俺は――。

「どうしてこう、ついワクワクしちゃうんだろうなあ……」

そう呟きながら、大宮駅西口からほど近い場所にある、大宮アルシェというファッションビルの五階に入っているCDショップを訪れていた。それは何故なら、今日は『満月の夜に咲きたい』のニューシングル、『沈丁花』の発売日だからだ！

だからこそ俺はいま、こうしてCDショップに……え？　なに？　通販で買った方が安上がりなのでは、だと？　というか、サブスクで聴けばいいんじゃね、だと!?　お、お前、もっともなこと言うよな……正論だけ言ってて、人生楽しいですか？

そんなことを考えつつ、お店でCDを買う派の俺は、上機嫌で店内に入る。どうやら試聴スペースの一角がまんさきの特設コーナーになっているようで、今日発売のニューシングルもそこに並べられていた。……おお、なかなか力の入った展開してるやん？

思いながらそちらに足を向けると、そこには既に先客がいて――ピンクのパーカーに、紺色のデニムという出で立ちの彼女は、何故か帽子、マスク、サングラスをつけて顔を隠しており……んん？　あんな格好をした奴、つい最近も見たことがあるような……というか、わざとらしくとぼけなくても、もうこれ完全にあの人じゃないですか！

「……このポップ、めっちゃいいじゃん……」

という訳で、彼女――花房憂花はそう呟くと、特設コーナーにスマホを向け、一枚写真を撮った。カシャ、とシャッター音。そしたら。

「えへへっ」

……あの、なんかいま、すげえ可愛い声が漏れ聞こえてきたんだけど。幻聴？

つい驚きつつ、まんさきのボーカリストが、まんさきの特設コーナーをぱしゃぱしゃスマホで撮影しているのを、遠巻きに眺めていたら――ふいに、花房が何かに気づいたように辺りを見回し始めた。

次いで、彼女は何の前触れもなくこちらに顔を向けると、俺の姿を発見する。……おい、何でいまあいつ、急にこっちの気配に感づいたんだよ。

「……はあ……」

それから、花房は一つため息を吐くと、マスク、サングラスを外した。そうして、その整った御尊顔を晒したのち、不機嫌そうに俺を手招きする。

「…………」

ご本人に会えたっていうのに、どうしてあんまり嬉しくないんでしょうか？　俺がそう思いながら彼女のそばに移動すると、花房は険しい目つきと共に、こう言った。

「憂花ちゃん、まんさきの特設コーナーを見て、ついテンションが上がっちゃったからめっちゃ写真撮ってたけど、なんか文句ある？　あ？」

「気まずいからってとりあえずキレるなよ……ないから。いまのお前の行動に関しては、別に文句とかないから」

「嘘つけし。どうせあんたのことだから、こんな憂花ちゃんを見て『まんさきのＵ－Ｋａはこんなことしねえ！』って騒ぐつもりでしょ？」

「……まあ確かに、まんさきのＵ－Ｋａっぽい行動ではないわな」

「ほら出た！　まーたそれ言ってる！　めんどいオタク！」

「おい。めんどいオタクに『めんどいオタク』って言うな。ハゲてる人に『ハゲ』って言っちゃいけませんって、小学校の先生に習わなかったのかよ」

俺がそうツッコんでも、花房はふてくされたような表情で俺を見やるばかり。だから、何か勘違いしてるっぽい彼女に正直なところを伝えるため、俺は言葉を重ねた。

「つか、いまのに関しては、マジで文句なんかないって……まんさきのＵ－Ｋａっぽいかそうじゃないかで言ったら、ギリ違う気もするけど、だからっていまのお前の行動にガッカリなんてしてねえよ。……ゴミ箱を蹴り倒す、ラーメンＧ太郎から出てくる、俺のチャリを盗む。そんなこれまでの行(おこな)いに比べたら全然マシだ。むしろ可愛いくらいだろ」

「……そっか。確かに、自分が所属するユニットがＣＤショップで特集されてるのを見て、それで舞い上がってる憂花ちゃん、可愛いかも……え、てか待って。むしろ、いまの私の行動、可愛すぎない？　特に意識とかしないでやってたけど、こういう行動が無意識のうちに取れちゃう憂花ちゃん、やばくない？　容姿が可愛いのに行動まで可愛いなんて、憂花ちゃん、神に愛され過ぎでしょ……世界とかもう、憂花ちゃんのものじゃん……」

「わかりやすくうぬぼれてるところ悪いけど、安心してくれ花房さん。お前は容姿や行動が可愛くても、性格が全然可愛くねえから。そこで釣(つ)り合いは取れてるから」

　俺がそう言うと、花房は「むしろ、この性悪な性格も、一周まわって可愛くない？　きゅるん☆」とか言いながら横ピースしてきた。彼女は見た目がガチで可愛いので、それが様になってるのがなおムカついた。ふざけんな。俺のＵ－Ｋａを返せ。

　そんな、平常運行の花房に呆れつつも、俺はふと気になったことを彼女に尋ねた。

「そういえばさっき、まんさきの公式ツイッターを覗(のぞ)いたら、ニューシングルのＰＲのために、お前が色んなＣＤショップに行って、ポスターとかにサインしてる様子が上がってたけど……それは終わったのか？」

「ん、もう終わったよ。都内のCDショップ、それから埼玉もいくつか回って、ここが最後。――んで、今日はこのCDショップで解散になったから、憂花ちゃんはついさっきから、まんさきのCDを買ってくれる人がいないかなーって、ここで見張ってたの」

「……まんさきのボーカルって、意外と暇なんですね？」

「いや暇なわけないじゃん。何言ってんの？　今日だって学校お休みしなきゃいけなかったし、このあとボイトレだって行かなきゃいけないしで、むしろ休みが欲しいくらいよ！　でも、憂花ちゃんはそんな超多忙な中でも、まんさきのCDを誰かが買ってくれる瞬間が見たくて、ここで張り込んでたってわけ」

「張り込んでたっていうか、特設コーナーの前で浮かれてた感じですけど……」

「写真撮り終わったら張り込もうとしてたの！」

せっかくできたお暇なのだから、もっと有意義に使うべきなのでは……俺がそんなことを考えていると、花房はふいに可愛らしく小首を傾げながら、尋ねてきた。

「ところで、夜宮くんは？　ここに何しに来たの？」

「………」

おっかしいなあ。俺、ついさっきまではるんるん気分だった筈なのに、今はあんまり心がぴょんぴょんしてないぞ？　まん○タイムき○らパワーが足りてないぞ？

そうやって内心でふざけることで心の平静を保ちつつ（これが俺なりの処世術）、俺は一つ深呼吸すると、花房の目の前に置かれている、まんさきのシングルCD『沈丁花』を手に取った。すると、にっこり笑顔の花房が、小馬鹿にするような声で告げる。

「お買い上げ、ありがとうございまーす」

「…………」

そう言われ、赤らんだ顔を俯ける俺。俺はまんさきの大ファンなのに、どうしてまんさきのCDを買いに来ていたことがご本人にバレて、ちょっと恥ずいんだろうな……そんな風に照れてしまった俺はつい、それを誤魔化すために、余計なことを口走った。

「べ、別に、あんたの歌が好きだからとか、そういうんじゃないからねっ！　谷町P太さんの曲が好きだから、買うだけなんだからねっ！　勘違いしないでよねっ！」

「……や、その言い方、かなりキモいからやめて。ノリだってわかってるけど、そのノリは絶対、二度としない方がいいよ？　憂花ちゃんはまあ、心が広いからさ。こいつキモいなーって思って終わりだけど、それを普通の女の子にやったら超引かれるからね？」

「…………」

照れを隠そうとしたら、二次被害が酷かった。こういう時、自分がコミュ症だってことをはっきり自覚してしまい、辛い……からいじゃなくて、つらいです……。

そうして、俺が割とマジで凹んでいると、花房は苦笑しつつも、明るい声音で言った。

「えっと、まあ、その……キモい自分を自覚できて、よかったじゃん！」

「お前は本当に他人を励ますのがド下手だな！」

「そんなあんたを応援とかは別にしないけど、強く生きて！」

「うるせえ！　言われんでも強く生きるわ！」

　こちとら、ラノベや漫画、ゲームやアニメ、音楽に小説――娯楽という娯楽を消費するプロじゃ！　誰に愛されんでも、作品さえ愛していれば強く生きていけるわ！　拗らせオタクなめんな！

　俺がそう脳内で息巻いていると、あははっ、と楽しそうに花房は笑った。そうして、いまさっきの俺の失態が嘘のような、穏やかな空気が流れる。

……まさか、あの気まずい空気を打破するために、わざと俺がツッコみやすい、キツい言葉を選んでくれたとか？　いや、さすがに考え過ぎか……彼女はそもそも、こういう毒のあることを言う子だしな。

　思いつつ、俺はもう一枚、まんさきのシングルCD『沈丁花』を手に取る。すると花房は、驚いたような表情を浮かべてこう言った。

「え？　もう一枚買うの？　なんで？」

「……お前、それでもまんさきのボーカルか？　こっちのCDは初回限定A版で、こっちのCDは初回限定B版。タイプが違うんだから、どっちも買うに決まってるだろ」

「や、それは憂花ちゃんも知ってるよ。でもさ、どっちかにした方がよくない？　だってこっちのB版は、YouTubeで公開済みのMVが数曲入ったブルーレイが付いてるだけだよ？　YouTubeで観れるなら、別にいらなくない？」

「お、お前、中の人がそんなこと言うなよ……」

「まあ、まんさきのMVは凄い凝ってるし？　しかも新曲のMVには、可愛い憂花ちゃんが映ってるから、それだけで十分価値はあるけど……でもあんた、バイトとかもしてない、親の脛齧ってるだけの高校生でしょ？　CD二枚は金銭的にきついんじゃないの？」

「なに？　俺いま気遣われてんの？　それとも喧嘩売られてる？」

「もし本当に特典BDが欲しいなら、今度、憂花ちゃんが学校に持ってってって、あんたにあげるしさ。だから、素直にほら。A版の、スタジオライブCDが付属したやつだけにしときなって」

「………」

花房のいつもと違う様子に、少しだけ戸惑う。

だから俺はつい、いま抱いた疑問を、彼女に対してそのままぶつけてしまった。

「どうして、そんなに親身になってくれるんだ？」

「…………」

俺の質問に対して、黙り込んでしまう花房。

でも、本当にそう思ったのだ。

俺が知ってる花房なら、俺が二枚目のＣＤを買おうとした際にも、「お買い上げ、ありがとうございまーす」と言うだけだと思っていた。でも実際の彼女は、そう言って済ますのではなく、本当に二枚も買う必要はあるのか、と俺に問うてきた。

……別に、花房が俺に対して好感を持ち始めてくれてるからとか、そんな馬鹿みたいな理由じゃないのはわかってる。だからこそ俺は「どうして、そんなに親身になってくれるんだ？」と、彼女に尋ねたのだ。

すると、花房は照れくさそうに頬を掻いたのち、小さく零すみたいに言った。

「あんたみたいなファンに、無理をさせるのが嫌なのよ」

「――――」

……ああ、そうか。そうだったのか。

もしかしたら俺は、花房憂花という女の子を誤解していたのかもしれない。

彼女は確かに、性悪な女だ。自分が可愛いことを鼻にかけ、上から目線な発言が絶えない、まんさきのU－Kaとは似ても似つかない女の子で――だけど。

まんさきがファーストアルバムを発売した際、彼女はインタビューでこう語っていた。

《――U－Kaさんはお若いですけど、今後、アーティストとしてどう成長していきたいとか、そういったビジョンはお持ちですか？

U－Ka「そうですね……私は、いまはとにかく、谷町さんの作る曲の世界を、ボーカルとしてちゃんと表現できるようになりたいですね。まんさきを始めてから、私の未熟で拙い歌声を、好きだって言ってくださる方が本当に増えたので。なので、そんな風にまんさきを好きになってくれたファンの皆さんに、胸を張れるような。期待してもらえたぶんだけ、その期待に応えてあげられるような、そんな自分になりたいです。

私は、まんさきを好きになってくれた人が、大好きなので」》

それだけは、違えていなかった。

確かに花房憂花は、まんさきのU－Kaじゃない。彼女は性悪な自分を隠して、分厚い仮面を被り、自らを偽っていたけど……でも、それだけは。

彼女が、自身のファンを思うその気持ちだけは、嘘じゃなかったのだ。

「……ん、どしたの？　なんか急に険しい顔してるけど」

「い、いや、別に……」

花房には『険しい顔』と言われてしまったけど、実際、俺が胸に抱いているこの気持ちは、そんな表情とは真逆だった。

……だって俺はいま、少しだけ泣きそうだったから。花房が見ている険しい顔は、それを我慢するためにそうなってしまったに過ぎなかった。

花房の本性を知った時、まんさきのU－Kaはもう、この世のどこにもいないと思って泣いてしまったけど……そして、それは決して間違った認識ではなかったけど――でも、たった一つだけ。彼女の中にもちゃんと、まんさきのU－Kaと違わぬ部分があった。

それが、ファンである俺には、どうしようもなく嬉しかったんだ。

「いやほんと、あんたどうしたの？　トイレでも我慢してるならさっさと行ってきなよ」

「や、トイレを我慢してる訳では全然ないんだけどな……？」

様々な感情を顔に出さない努力をしていたら、終いには花房にそう言われた。俺はかぶりをふって表情をフラットに戻しつつ、色々と考える。

――俺の中で明確に、花房に対する印象が変わったのがわかった。

もちろん、花房憂花は俺にとって、あまり好ましい人間じゃない。いまだって『まんさきのＵ－Ｋａ』を返せ、という感情は消えていないけど、でも――彼女は決して、性格が悪いだけの人間ではない、というのはちゃんと理解できた。

俺はこれまで、花房が俺達ファンを騙していた事実がショックだったあまり、彼女に対する感情がマイナスに動き過ぎてしまっていたけれど、そうじゃない……花房は、俺が理想としていたまんさきのＵ－Ｋａじゃないことを除けば、性格がそこそこ腹黒いだけの女子高生なのだ。

当然、それに気づいたからといって、じゃあ偽りの仮面を被っていた彼女を許そうと思える程、俺の推しに対する愛は軽くないけど――でも、俺の中にある、対花房における感情がかなりフラットになったのだけは、自覚できたのだった。

……とまあ、そんな風に。花房に対するわだかまりが減りはしたけど、そんな彼女の言葉に納得してばかりもいられない。何故なら花房の、いまの発言。ＣＤをパターン別に二枚買おうとした俺に――「あんたみたいなファンに、無理をさせるのが嫌なのよ」と言った件に関しては、大いに苦言を呈したかった俺は、こともあろうに。

まんさきのＵ－Ｋａ本人に対して、こう告げるのだった。

「あのなあ、花房さん……お前のその認識は思いっきり間違ってるぞ。だって俺はいま、決して無理なんかしてないんだから。――むしろ、買わせて頂けて嬉しいくらいだ」

「は？　買わせて頂けて嬉しい？」

「そう！　どうやらお前はファン心理を全然わかってないみたいだな……確かに、販売戦略なのはそうなんだろうと思う。初回限定版を二つ出し、そのどっちもに別々の特典を付け、ＣＤを二枚買わせる商法――でもそれを、『この戦略汚ねえよな……』って言いながら、どっちも買ってるファンは三流なんだよ」

「……え、なんで？」

「だって俺達は、まんさきのＣＤを、二枚も買わせて頂けるんだから！」

「………………さっきからこいつの言ってることが、わかるのにわかんないんだけど。怖い」

花房はそう言って、俺から少しだけ後ずさる。俺がキモいツンデレ台詞を発した時ですら距離を取らなかった花房が、しっかりと引いていた。……女の子に引かれるの、心が痛いぜ。しかし、そうは思うのに――それでも。俺はそのまま、言葉を続ける。

何故なら俺は、こういう時に嘘がつけない、拗らせオタクだからだっ！（ドンッ）

「だいたい、二パターン買うのが嫌な奴は、どっちか好きな方を買えばいい。だから、この商法は実はズルくも何でもなくて、消費者に選ばせてくれる商法なんだよ。Ａが買いたいのなら、Ａを。Ｂに魅力を感じたのなら、Ｂを。そして俺みたいな、まんさきが好きで好きでたまらないファンは、両方を。ほら見ろ、ウィンウィンじゃないか」

「それ、ウィンウィンって言うのかなあ……」

「そもそも俺みたいなファンは、少しでも『満月の夜に咲きたい』というアーティストに触れられるコンテンツが増えるだけで、嬉しいものだからな……つまり、それがたとえ既出のMVだろうが、A版とB版に分かれてようが、ちょっとでも特典をつけてくれたならば、それはもう『ありがとう』なんだよ」

「………えっと待って。じゃあつまりあんたは、A版とB版っていう二種類のCDを出された怒りより、特典をこんなにつけてくれてありがとう、の方が感情として勝る、みたいなことが言いたいわけ？」

「そう。だから俺達は、買わせて頂いているのだ……二枚も買わせやがって、じゃない。二枚も買わせてくれて、ありがとう……」

「……いやほんと、夜宮くんって、憂花ちゃんのこと好き過ぎじゃない？」

「ああ、死ぬほど好きだよ」

「ひ、否定しなよ……」

俺の真っ直ぐな言葉に、花房は気まずそうに目を逸らして、頬を少しだけ赤らめる。

まあ正確には、俺が死ぬほど好きなのはまんさきのＵ‐Ｋａであって、花房憂花ではないんだけど……今日はなんだか、それを訂正する気にはならなかった。

「いやでも、お前にはもう何度も言ってるけど、俺は本当にまんさきが好きなんだよ。谷町Ｐ太の作る曲が大好きで、あの人はガチの天才だと思ってんだ」

「それに関しては、憂花ちゃんも異存なし！　あの人はマジで天才だよね」

「ほんとにな……『沈丁花』のギターリフとか、普段どう生きてたら思いつくんだよ。歌詞だって、今回もキレッキレだったし。あの人はいつになったら捨て曲を書くんだろうな……あと『沈丁花』の歌詞に出てきた《電話に出ない神様》って、あの名曲『死のうとした』にも出てた神様だろ？　世界観のリンクが最高だわ……」

「……ふふっ。やっぱ、谷町さんの曲が好きで、まんさきのファンになった感じだ？」

花房はそう言って、俺を見つめながら微笑してくる。……そのあまり見ない笑顔にどきりとしてしまった俺は、彼女からとっさに目を逸らし、そのあとでしっかり頷（うなず）いた。

「あ、ああ……そもそも俺、ボカロＰの時代から、谷町さんの大ファンだったからな。だから俺、まんさきには最初から期待してたんだよ」

「そっか。それで実際、まんさきにどんどんハマっていったあんたは最終的に、憂花ちゃんに激イタなファンレターをくれたってわけね？」

「……い、いきなり俺の古傷に塩を塗らないでくれません？　痛みでショック死するだろうが……」

「あははっ、古傷って言うほどまだ古くないじゃん。——本当、夜宮くんってまんさき好き過ぎじゃない？　もしかして憂花ちゃんのことも、谷町さんの作る曲が好きだから好きになっただけじゃないの？」

「いや、それは違う。俺はお前の歌声が好きだから、お前も好きになっただけだ」

「……ふうん？　それじゃあ、憂花ちゃんの歌声のどんなところが好きなのか、試しに言ってみてよ」

「ええと……それに関しては、それこそファンレターに書いた筈なんだけど？」

「あのファンレター、内容がポエム過ぎて、憂花ちゃんを褒めたいのか自分に酔ってるだけなのか、よくわかんなかったんだもん」

「………………」

「だから、ほら。憂花ちゃんのどんなところが好きか、憂花ちゃんに言ってみ？」

鼻につく言い方をする女だなおい。

そう思った俺はだけど、ファンレターの内容がよくわからなかったと言う花房に対して、それじゃあ改めてまんさきのＵ－Ｋａがいかに凄いか、彼女に伝えないと！　と思い直し、滔々と語り始めた。

「まず声質がいい。甘過ぎず、だけどハスキー過ぎない、まんさきの歌詞にぴったりマッチした声だ。そんで、音階の取り方が抜群。アホみたいな感想だけど、マジで歌上手い。出る声域も広いしな。ハイトーンなんか、よくそんな綺麗に歌唱できるなって思うよ。たまに、これ人間じゃ歌えないだろって曲も見事に歌い上げるから、最強かこいつって思ってる。つか、歌詞が聞き取りやすいのほんと好き。発音がはっきりしてるから、歌詞カードを見なくても歌詞がわかるの超嬉しい。あと、曲調によって歌い方をがらっと変えてくれんのも最高。それに、谷町さんの歌詞に寄り添った、感情の込め方も抜群で――」

「いい。さすがにもういいから。憂花ちゃん、他人に褒められるの大好きだし、というかそもそも他人に褒められるの慣れてるけど、さすがにお腹いっぱいだから。これ以上あんたに褒められ続けたら、さすがの憂花ちゃんも褒められすぎで腹ちぎれるから！」

らしくもなく頬を朱に染めて、花房はそう怒鳴った。……なにこの程度の賛辞で照れてんだこいつ。お前はガチで凄い歌手なんだから、これくらい褒められて当然だろ。

……というか、この様子を見る限り、もしかしたら花房に何か勘違いをされているかもしれないと考えた俺は、たぶん余計なことだとは自覚しつつも、言葉を重ねた。

「言っとくけど、俺は別に、お前に気に入られようと思ってこんなことを言ってる訳じゃないからな？　俺はマジでまんさきのＵ‐Ｋａが凄いと思ってるから、それを言葉にしただけだからな？　――そこは勘違いするなよ？　俺を、お前にコクってきたあのクソ先輩と同じ人間だと思うなよ？」

「いや、わかってるから。わかってたのに、そういうこと言ってくるのがキモい──じゃなくて嫌だから、やめて欲しかったんだけど……」

「……もしかして、また俺なんかやっちゃいました？」

「うん」

「そこは嘘でも否定すべきところなんだよなあ……」

あと、キモいって言葉を飲み込むなら、もうちょっと早く飲み込んで欲しかったです。お前いま、ばっちり発声したあとに言い直してたからな。もう手遅れだよそれ。

思いつつ、俺は一つ大きく息を吐く。そうして、微妙に弛緩（しかん）した空気に身を委ねていると、ふいに……俺が手に持つ二枚のCDを見ながら、花房が言った。

「ねえ。サイン、したげよっか？」

「……え？　い、いいのか？」

「うん。……転売とかしないでよ？」

「いや、するわけないだろ、そんなこと」

「あはは、だよね。あんたはそうだよね。──じゃあ、買ってくれれば？」

「あ、ああ。そうする」

俺はそう、普段と同じテンションで花房に返事をすると、まんさきの特設コーナーを離れてレジへと向かった。

「いらっしゃいませ。ポイントカードはお持ちですか？」

「はい」

そう返事をしつつ、財布からポイントカードを出し、店員さんに渡す。そうしながら、俺は──いやったああああああああ！　まんさきのＵ－Ｋａが俺のＣＤにサインしてくれるんだってさああああああ！　うわああああああああうれしいいいいいいいい！　となった。

この状況、俺が犬なら嬉ションしてるね絶対。というか、俺いま犬じゃなくても嬉ションしそうだもん。やっべえ。花房が実は性悪とか、そういうの関係なくマジで嬉しい。彼女の本性がどうとか、いまだけは全然関係なくなっちゃった。嬉しい……！

そうして、逸る気持ちを抑えて会計を済ませた俺は、店を出たところにいた花房のもとに戻る。学生カバンからサインペンを出して、ＣＤと共に彼女へと手渡した。

「なんか、あんたにサインするのって、変な感じ……これ、貰って嬉しい？」

「めちゃくちゃ嬉しい」

やべ、本音が出てしまった。

俺のそんな返答に、「ふふっ、そっか」とたおやかに笑う花房。……何故だか今だけは、彼女のそんな仕草の一つ一つが、お隣の天使様に見える俺だった。

「光助くんへ、でいい？」

「あ、ああ。それで……」

「ん……それじゃあ、はい」

そうして花房から手渡されたのは、可愛らしい丸文字で書かれた、U-Kaのサイン入りCD。……いまこの瞬間、俺が購入したこのCDは、我が家の家宝になった訳だけど、実際、家宝ってどう扱えばいいんだろうな？　俺ん家に神棚なんてあったっけ……。

そう思いながら俺がそれを見つめていたら……ふいに、花房は妖艶に髪をかき上げたのち、俺の左耳に顔を近づけてきた。「な——お、おま⁉」

花房の顔が近づいてきた事実に俺が慌てていると、彼女はそんな俺を見て悪戯っぽく笑いつつ、俺の耳元で甘く囁いた。

「これで、憂花ちゃんのファン、辞められなくなったね？」

「————」

「じゃあ、また学校でね。ばいばーい」

花房はそう言い残すと、アルシェ内にある下りのエスカレーターに乗り、そのまま俺の前から消えていった。あ、あいつ……色んな意味で魔性の女だなおい……！

ただ、花房の本性を知ってから色々あったけど、今日のこれに関しては純粋に、ファンとして嬉しい出来事だった。いやほんと、花房があんな奴だってわかってるのに、どうして彼女がくれたサインはこんなにも嬉しいんだろうか……嬉しいなあ！

「……ま、まあ、別に？　俺はまんさきのU－Kaからサインを貰えたのが嬉しいだけで？　花房憂花という個人に対して、サインくれてありがとうなんてことは、全然思ってないんだからねっ！」

花房が気まぐれにくれたサインをにやにや顔で見つめながら、誰にともなく言い訳するように、俺は一人そんなことを呟く。

ちなみに、これはちょっとだけ悲しいオチだけど……このあと、家に帰った俺がまんさきの特典BDを観ようとしたら、そこでようやく――俺はCDを覆う透明フィルムを剥がさぬまま、彼女にCDを渡し、その上にサインを書いてもらっていたことに気づいた。そのため、それを剥がして花房のサインを失くしたくなかった俺は、もう一枚。初回限定B版のCDを購入することとなるのだった。さ、三枚買わせてくれて、ありがとう……。

第七話　推しは一枚上手だった。

放課後。文芸部の部室にて。

「さあ、今日も素晴らしいテキストを書くぜぇ、超書くぜぇ……」

旧型のパソコンを前にした俺は、指をこきこき鳴らしながら、そう呟いた。

そうして、俺はワードを立ち上げると、ブログ記事の執筆を開始する。気持ち悪い笑みを浮かべながらキーボードを打鍵していたら（これ、執筆あるあるな）──突然、扉が横滑りする乱暴な音と共に、彼女が現れた。

「こんにちは！　ここで、憂花(ゆうか)ちゃんがサインしてあげたら子供みたいに喜んだ男の子が部活してるって聞いたんですけど、いますか⁉」

「な──お、お前、何してるんだよ……！」

「何って、暇だから遊びに来ただけだけど？」

そう言って、彼女──花房(はなふさ)憂花は扉を閉めたのち、部屋の中に入ってくる。オーラのある彼女の登場によって部室が一気に華やいだけど、こいつ文芸部似合わねえな⁉

それから、花房は俺の隣の席に座ると、テーブルに肘をつきながら続けた。

「あんた一人だけ？　確かうちのクラスの檜原さんも、文芸部員じゃなかったっけ？」

「よ、良く知ってるなお前……確かにそうなんだけど、あいつは幽霊部員だから、あんまりここには来ないんだよ。来るペースとしては月に一、二回。たまーに来てはここの本棚から埃っぽい本を手に取って、物静かに読書してるな」

「ふうん？　檜原さん、幽霊部員だったんだ。——彼女とは仲いいの？」

「……知り合いと呼んでいいのかもわかんねえな……」

「ふふっ、ぼっちこじらせ過ぎでしょ」

「うるせえ。お前もぼっちにしてやろうか」

ムッとした感情そのままに、謎な発言をする俺。すると花房は、「きゃー、ぼっちこわーい。うつされるー」と、わざとらしい甘い声で言った。完全に舐められてますねこれ！

実際、幽霊部員である檜原由女と俺の関係は、同じ文芸部に所属している以上のものは全くなく、なんなら部活仲間と言っていいのかすらわからない程だった。

ちなみに、このあいだ二時間ほど彼女と一緒に部活をして、唯一交わした会話は——。

「よ、夜宮くん、あの……こ、これ……面白い、よ？」

「え……ああ。じゃあ、暇な時に読んでみるわ……」

「うん、是非……」

「ああ、近いうちに……」

「「………」」

完。これだけである。熟年夫婦だってもっと会話してるだろ。

そんな感じで、俺が所属する文芸部にはもう一人、檜原由女という幽霊部員がいるものの、彼女は俺の友人でもなんでもないので、俺はやっぱりこの学校で真っ当にぼっちしているのだった。——真っ当にぼっちするってなんだよ。新しい日本語作んな。

俺がそんなことを考えていると、花房はふいにからかうような顔になって、続けた。

「でもよかったね夜宮。憂花ちゃんと文芸部の部室でも絡(から)めて。これで、これからあんたが一生独身でも、この思い出を胸に強く生きていけるじゃん」

「いやだから、俺は思い出なんかなくても、強く生きていけるっつうの……独身だろうがなんだろうが、俺には二次元があるから。それさえあれば寂しくなんてねえんだよ」

「なんか、一生独身って部分は否定しないのがあんたらしいね……」

「むしろ、俺が誰か三次元の女の子と付き合ったり、結婚したりする方が驚きだな。まだ二次元の嫁と結婚する方が現実的だ」

「オタクがなんか訳わかんないこと言ってるんですけど……」

「早く二次元の嫁と結婚できる未来こねえかなー……人間そっくりのロボットはもう出来

てんだし、割と近い未来だと思うんだけどな。そういう三次元的な存在に俺達の二次元嫁を反映させることができれば、現実に『忍野忍(おしのしのぶ)』を生み出すのも可能なのでは？」

「帰ってきなって夜宮。まだギリッギリ戻れるから。人の道を逸(そ)れ過ぎないで」

「俺、大学に入ったら『どうすれば二次元の女の子を三次元に存在させることが可能なのか』って研究するわ」

「それよりも病院行きなって。ほら、憂花ちゃんも付いてってあげるから」

「馬鹿お前。この病気が病院で治る訳ないだろ！」

「じゃあなおさら自力で治す努力をしなさいよ！」

売り言葉に買い言葉という感じで、醜く言い争う俺と花房。……無駄にヒートアップし過ぎてんな。花房もそう思ったのか、彼女は一つ息を吐くと、落ち着いた声音で続けた。

「いやまあ、あんたがそれでいいなら、別にいいんだけどさ……ただ、あんたがオタクなのは全然いいんだけど、あんたのその『二次元嫁を現実に』って発想はキモくない寄りのキモいだから、ちょっと控えてくんない？」

「いやそれ、結局はキモいって言っちゃってるじゃねえか……せっかくオブラートに包んでくれたんなら、最後まで包みきれよ……」

言いつつ、何度言われても慣れない「キモい」というワードに凹(へこ)む、俺こと拗(こじ)らせオタク。どうして世界はこうも、オタクに優しくないのか……お母さんは優しいのに……。

思いながら、俺は話を元に戻す——というか、まんさきのU－Kaが俺の所属する文芸部にいるという、あまりにも現実味のないこの状況に対して、改めて彼女に尋ねた。

「つかお前、マジで何しに来たんだよ……だいたい、どうして俺が文芸部員だって知ってるんだ？」

「それは、ええと……そう！　情報通の姫ちゃんから聞いたのよ。クラスのみんながどんな部活に入ってるのかって話をした時に、『根暗は文芸部に所属してるよ－』って、あの子が言ってたんだよ。——だから別に憂花ちゃん、あんたが何部に入ってるのかをクラスのみんなに聞いてまわったりとか、全然してないから。だいたい、あんたのために自分の骨を折るような憂花ちゃんじゃないし。だから、そんなこと絶対してないからね？」

「何故してないことをしつこく念押ししてくんだよ……つか、何で姫崎は俺が文芸部に所属してるって知ってたんだろうな？　……も、もしかしてあいつ、そういう情報をこっそり集めちゃうくらいには、俺のことが好きなのでは……⁉」

「……うん。あんたがそう思うんなら、そうなんじゃない？」

「おい、冗談だから。ふざけて言っただけだから、そんな風に可哀想な子を見る目で俺を見ないでくんない？　俺が姫崎に好かれてないのなんて、俺が一番わかってるっつうの」

「そうだよね。あんた、友達のいないぼっちだもんね……こういう時、勘違いしちゃうのもしょうがないよね。——大丈夫！　姫ちゃんは優しいから、あんたが姫ちゃんに告白しても、未練が残らないくらいめちゃくちゃ冷たくフッてくれると思うよ！」

「それは果たして優しいと言えるのでしょうか……というか、俺別に勘違いしてねえし。だから姫崎に告白とかもしねえから」

「はいはい。——それで？　姫ちゃんにフラれて残念会の日取りはいつにする？」

「俺が玉砕したあとのアフターケアまで考え始めてるんじゃねよ」

「残念会には姫ちゃんも呼んでいいよね？」

「思慮の足りなさがエグ過ぎるだろお前。何で俺の『姫崎にフラれて残念会』にフッた当人が登場してんだよ。本当に俺を慰める気あんのか」

「だって人数は多い方が楽しいじゃん！」

「もしかしなくてもパリピって脳みそがツルツルなのでは？」

俺のそんな失礼なツッコミを受け、花房は「あははっ」と声を出して笑った。……あんま楽しそうに笑わないでくんない？　顔立ちが整ってるぶん、そういう無邪気な笑顔を向けられるとドキっとすんだよ……。

思いつつ、俺は一つ咳払い(せきばら)をしたのち、改めて彼女に尋ねる。

「つか、いい加減話を戻すけど――ええと、それで？　俺が文芸部員だってことを、姫崎から聞いたのはわかったけど……で、でも、どうしてそれを知ったお前は、わざわざこうして、俺が部活してるところに来たんだよ……？」

「…………」

俺の言葉に、花房は照れくさそうに頬を掻いた。……心臓がやかましく騒ぎ出す。決して期待するべきじゃないのに、それでも俺は、頭の中に浮かんでしまった馬鹿みたいな妄想を、どうしても振り払えなかった――。

もしかしたら彼女は、俺に会いたいから、会いに来てくれたのではないかと。

そんな、夢みたいな――何より、ファンとしてあるまじき考えを抱いた俺は、それと同時に、自分自身を強く嫌悪した。……本当に気持ち悪ぃな、拗らせオタクは。たとえ性格がアレだとしても、彼女はまんさきのＵ－Ｋａだ。誰にとっても高嶺の花である彼女が、そんな理由でここに来てくれる訳ないだろ。うぬぼれんな。

そんな風に自己嫌悪をしていると、ふいに、花房は破顔した。

それは、自身の本性を隠そうともしない、悪ガキみたいな笑みで……それを目の当たりにした俺は何故か、妙に安心してしまうのだった。

そうして花房は、『どうしてここに来たのか』という俺の質問に、静かに答えてくれた。

「ガス抜きがしたいのよ」

「へ……？　が、ガス抜き？」

「うん、そう。ガス抜き。──夜宮はさ、憂花ちゃんがちょっとだけ腹黒いのを、知ってるでしょ？」

「あ、ああ……まあ、お前はちょっとどころか、がっつり腹黒いけどな」

「ちょっと。間違ってない部分を訂正しないでよ。……ともかく、少し癪だけど、憂花ちゃんは夜宮の前だと、飾らない、ありのままの自分でいられるわけ。だから、憂花ちゃんはこう思ったのよ──『そっか。仮面を被ることに疲れたら、たまに夜宮に会いに行って、性格の悪い憂花ちゃんを吐き出してくればいいんだ！』って」

「なんでそんなこと思っちゃったの？」

「だからこそ、いま憂花ちゃんはここにいるんだよ。──そういう訳で今後も、憂花ちゃんがガス抜きしたくなったら、ちょくちょく遊びに来るから。よかったね、あんたの大好きな女の子が、たまにあんたに絡みに来てくれるようになって。大いに喜んでいいよ？」

「…………」

「感動で声も出ないみたいね」

「呆れてものも言えないんだよ」

俺がそうツッコむと、またいつものように「ふふっ」と、楽しげに花房は笑った。な、何というか、おかしな話になりつつあるぞこれ……つか、俺の推しが『ガス抜き』って単語を使ってんの、凄い嫌なんだけど！　もっと他の言い方できなかったのかよ。

「ち、ちなみになんですけど、それって、俺に拒否権とかは……」

「？？？　きょひけん？」

「拒否権という言葉自体、ご存じでない……？」

「だって憂花ちゃんだよ？　あの憂花ちゃんが、あんたに拒否されるとか……逆に聞くけど、そんなことがあっていいと思う？」

「めちゃくちゃ上から目線なのに、妙な説得力があるのなんなの……」

「そもそも夜宮は、憂花ちゃんのことが大好きなんでしょ？　だったら、憂花ちゃんと一緒にいられるのに、拒否する理由とかなくない？　……たとえ、憂花ちゃんに山ほど愚痴を聞かされて、しんどい思いをするにしてもさ」

「いま言った！　俺がそれを拒否する理由を、小声で言ったよなお前！」

そう叫ぶ俺に対し、花房は「あはは」と誤魔化すように笑った。次いで、彼女は一瞬だけ真剣な表情を浮かべると——ふっと相好を崩しながら、柔らかな声音で続けた。

「じゃあ、いいよ。憂花ちゃんは優しいから、選択肢をあげる」

「え……選択肢？」

「うん。──憂花ちゃんだって、ちょっとだけ腹黒とは言っても、性根がねじ曲がってる訳じゃないからね。あんたが心の底から嫌がってるなら、いい。放課後、たまに文芸部の部室に来て、憂花ちゃんのためにあんたを利用するのは、やめてあげるよ」

「…………」

「でも、ちゃんと聞かせて？　──憂花ちゃんが来たら、迷惑？」

花房はそう言いながら、俺の目を覗き込んだ。

そんな彼女の表情は、微笑。柔らかなほほえみ。男を狂わす、魔性の笑み。

……たぶん、彼女はわかっていた。変なところで偽善的な俺の性格とか、だけど自分から一歩を踏み出す勇気は持たない、オタク気質なところとか──結局、俺は彼女のファンで、だからこそ立場的には優位なところとか。……もしかしたら、ここ最近における俺の心境の変化すら、何となく察しているのかもしれない。

花房はきっと、そういう全部をしっかり踏まえた上で、俺に答えを求めてきたのだ。

「──────」

今更ながら、とんでもない女だと思った。

観察眼が鋭いのもそうだし、会話の駆け引きが上手いのもそうだけど、それだけじゃない。──俺がなんて言うのか大体の予想はできてて、それでも、俺が言うであろう言葉のちょっと先に目標を設定しているのが、本当に最悪だ。

だって、俺が先の発言を受け入れるには、『迷惑じゃない』と言わないといけない。

そんなの、まんさきのU－Ｋａが大好きな俺には、絶対に言えないのに──。

そこまで考えた俺は、だから……自分でも、俺ってめんどくせえ奴だな、とは思いつつも、嘘のない範囲で。でも、花房の思惑通りではない言葉を投げるために──『憂花ちゃんが来たら、迷惑？』という彼女の質問に対する返答を、口にするのだった。

「ぶっちゃけ迷惑だ。迷惑だけど、でも……俺は、他人の頼みを断るのが苦手な、偽善者だから。そういう理由で──こ、これからお前が部室に来るのを、み、認めてやってもいい！」

「……えー。欲しかった答えと違うんだけど。やり直し！」

「いや、やり直しとかねえから」

誰がお前の欲しがった答えなんか言ってやるかよ。

だって俺も、お前と同じで、相当ひねくれてるんだから。

そんなことを思っていると、花房は独り言のように「まあ、それもあんたらしいかな。めんどくて」と笑った。うっせえ。お前にだけは言われたくねえよ。

そうして、部室にどこか弛緩した空気が流れ始めると、それを察したかのように、花房は——まるで運動部における一個上の先輩みたいに、言うのだった。

「じゃあ夜宮。自販機でジュース買ってきてー」

「認めたと同時にもうそれか。面の皮の厚さがぱないなお前は」

「はいこれ、千円。お釣りはあげる。——大丈夫、憂花ちゃんまんさきってユニットのボーカルやってて、超お金持ちだから。千円なんてはした金だから、気軽に受け取って！」

「お前その金持ちアピールのノリだけはマジでやめろって……冗談なのかもしれないけど、庶民の怒りが先行して笑い飛ばせねえんだよ」

「つか、ツッコミとかいいから早く行ってくれない？　マジで」

「お、お前、ツッコミとかいいって……俺の存在意義どうすんだよそれ……」

「なに？　二千円出せばいい？　お金で解決できるなら、憂花ちゃん全然お金払うけど？　ジュース一本にいくらでも出せるけど？」

「お金で解決できない問題だってあるんだよ！　ちなみに今回のこれは、俺のプライドの問題だ！」

「そのプライド、いくら出せばへし折れるのかなあ？」

「誰かこいつからキャッシュカードを取り上げろ！」

俺がそうツッコむと同時、堪えきれなくなったみたいに花房は大声で笑いだした。こいつ、将来お金に人生狂わされるタイプの性格してるんだけど、大丈夫かしら……。

結局、そのあとも俺達はそんな会話を続けたのち、最終的には——一人で自販機に行った花房が、何故か俺のぶんの飲み物も携えて、部室に帰ってきた。

なので、俺がそのぶんのお金を払おうとしたら、「いやいや、憂花ちゃんがお金持ちなのは本当だから、そんなはした金いらないし」と、割とマジのトーンで突っぱねられてしまうのだった。……あのさあ、俺にジュースを奢ってくれるいい子なのか、金持ちで性格の悪い女なのか、どっちかにしてくんない？

第八話　推しとハイタッチをした（してない）。

「花房ってさ、なんかムカつかない？」

　昼休みの時間。俺がトイレから出てくると、廊下でクラスの女子が女友達にそう話しているのが聞こえた。それに驚いた俺は、開いた窓のそばへと移動する。サッシに両腕をのせ、ぼけーっと中庭を見ているフリをしつつ、彼女達の会話に耳をそばだてた。

「わかるわかる！　確かに歌は上手いけど、ちょっと天狗になってるよね？」

「ほんとそう。あいつ絶対、そんな自分を隠してるんだよ。花房ってああ見えて、実は体面とかすっごい気にするタイプだって絶対。外面を気にして、よそ行きの仮面を被って、嫉妬されないよう上手く立ち振る舞う……ほんと、気に食わない女」

「…………」

　女子の観察眼えげつねえなおい。

　正直、クラスの大半のアホ（失礼）は、花房に裏の顔があるなんて夢にも思っていない筈だけど、そうか……中にはいるんだな、彼女の本性を何となく察している奴も。

　考えていると、花房アンチ系女子は再びその汚い口を開き、悪口を話し始めた。

「つかさ、今日の体育だって、あいつのせいで負けたんじゃん。あいつがあそこでフリースロー決めてたら勝ってたのに、ああ、それは外しちゃうんだ？　って感じ。いまはあいつ、まんさきとしてブレイクしてるけど、ああいう場面で決めきれないあたり、未来は暗いと思わない？　どうせ数年後には、まんさきなんていなくなってるでしょ」

「あはは、ねー。花房さんって、何でもできる訳じゃないんだね。むしろ、体育に関しては、うちらに迷惑かけてたよね」

「今度からあいつ一人でチーム組んでバスケやりゃいいのにね」

そう言い捨てたのち、けらけらと下品に笑う女子二人。……醜いわー。見た目うんぬんの話じゃなくて、心がすげー醜いわ。

高校の体育は基本的に男女別なので、花房にどれくらいの責任があったのかは知らないけど、たかがフリースローを外しただけでそんな言ってやんなよ。お前ら、外見の勝負じゃ絶対に花房に勝てないのに、内面でも負けてどうすんの？　じゃあ何で勝てんのよ？

思いつつ、俺は窓際（まどぎわ）からそっと離れ、教室へと足を向ける。

ここで陰口を叩（たた）いている二人に対して「おい、やめろよ」的な注意ができたら、カッコいいのかもだけど——そういうことは一切やらずに、俺は教室へと入っていった。……お、俺は、あれだから。ヒッキーやキョンくんに近いタイプの主人公だから。ここで正義漢ムーブはできない男だから！

ただ、まんさきのU−Ka(ゆうか)が大好きで、だからこそファンを騙(だま)していた花房に、未(いま)だ好意的な感情を抱けていない俺だけど、でも……そんな俺でも。

さっきの陰口にちゃんとムカついているのが、ちょっとだけ意外だった。

その日の放課後、花房は文芸部の部室に来なかった。

というか、俺から上手いこと部室に来る許可を得た彼女だったけど、ガス抜きのために毎日欠かさず文芸部に顔を出すとか、そういう訳でもなさそうだった。

しかも、あんたに愚痴を聞かせてやる、とか言ってた割には、三日に一回くらいのペースでここに来ても、俺と何てことない お喋(しゃべ)りをして帰るだけで、愚痴なんか全然吐かないしな。じゃあなんで部室に来てんのお前……。

そんなことを考えつつ、午後五時過ぎに部室を出た俺は、下駄(げた)箱へと足を急がせる。

そうして体育館の前を歩いていると、ふいに——きゅっ、きゅっ、という、体育館特有の、上靴と床が擦れる音が聞こえてきた。どうやらバレーだかバスケだかの部が部活をしているらしい。気になった俺は足を止め、体育館の入り口から、中をひょいと覗き込む。

　すると、そこにあったのは――。

　制服を着たまま、バスケのゴールに鮮やかなシュートを決める、花房憂花の姿だった。

「よしっ。まず一本成功」

「……いや、何してるんだよ……」

　彼女に聞こえないよう、そう呟いた。

　でも、本当にそう思ったのだ。放課後に居残ってまで、何してんだあいつ……というか、運動しやすいように髪を束ねてるんだろうけど、ポニーテールがやばいくらい似合ってんなおい！　超絶可愛いので、いつもあれでいてくれたらいいのに……。

　あと、ええと、なんだ……彼女がジャンプする度に、その……豊満なお胸が、お戯れになるというか――おいなんて邪な目でまんさきのU－Kaを見てやがんだ俺。お前はおっぱいで彼女のファンになったのか？　ああ？　違うだろうがこのボケ！　色ボケ！

　俺がそう自分を戒めていたら、花房は再度フリースローを放った。しかし、今度のそれはゴールに嫌われ、がこん、とリングに弾かれると、そのまま体育館の床に落ちた。

「ちっ。意外と難しいかも……」

　花房はそう文句を言いつつ、ボールを拾いに行く。それから、もう一度フリースローの位置に下がってシュートを放った。――入ったり、外したり。入ったり、外したり。彼女は額に汗を滲ませながら、無我夢中といった様子でシュートをし続けていた。

「…………」

それを見ながら、俺はふと、昼休みにあったことを思い出した。

『つかさ、今日の体育だって、あいつのせいで負けたんじゃん。あいつがあそこでフリースロー決めてたら勝ってたのに』

どうやら花房は今日の体育で、フリースローを外して負けたらしい。

だからなんだと思う。体育のバスケで、自分のせいで負けたぐらいのことでどうして、彼女がいまここでこうしているのか、俺にはまったくわからない。

でも、ただ――これが花房憂花なのだと、そうは思った。

体育の時間に、フリースローを決められなかった。それだけのことにちゃんと躓いて、放課後、一人で黙々とフリースローの練習をしてしまう……それが彼女なんだと思った。

そこに、どんな理由があるのか、俺にはわからない。

次の体育では絶対に勝ってやる、なのか。

あいつら、私のことを馬鹿にしやがって、なのか。

まんさきのＵ－Ｋａは、完璧じゃないといけないから、なのか。

案外、むしゃくしゃしたからやっている、というのもある気がした。……ただ自分が、やりたいから。上手くなるためにじゃなくて、自分が納得するために。彼女はいまそれだけのために、シュートを打ち続けているのかもしれない。

何にせよ、美しかった。

花房が一人、制服から着替えることもせず、バスケのゴールだけを見据えてシュートを打ち続けている姿は、どこまでも美しかった。

「……努力するのが苦手、なんて言ってたけど、そんなの嘘じゃねえか……」

紙のように薄い、でも確かな好意がまた一つ、俺の中で折り重なる。花房憂花を知る度に、少しずつ彼女に惹かれている自分に気づいて――そんな自身を戒めた。……ファンがなに推しに対して下心を抱いてんだよ。そんな純粋じゃないもんは捨てろ。

俺にとっては、推しを推したいと思うそれだけが、純粋な気持ちなんだから。

そこまで考えた俺は静かに、体育館の入り口から離れる。……これは、いちファンが無遠慮に見てていい場面じゃない。そう思った俺が、体育館に背を向けたら――。

「あんた、まだ憂花ちゃんに話しかけられないの？」

そんな声が背後から聞こえてきて、つい振り返る。――彼女は、制服の袖で額の汗を拭いながら、からかうような微笑をこちらに向けていた。

「……気づいてたのか」

「まーね。ちょっと前から、憂花ちゃんのことが好き過ぎるファンの男の子が、目をギラつかせながら憂花ちゃんを視姦してるなーって思ってたし」

「し、視姦って、言葉強すぎない？……というか、『まだ憂花ちゃんに話しかけられないの？』ってなんだよ。お前、ちょっと前に──憂花ちゃんから話しかけるのはいいけど、あんたから話しかけるのはあり得ない、みたいなこと言ってただろ」

「あれ、そうだっけ？」

「鳥くらい記憶力ないですね」

俺のきついツッコミに、さして気にした風もなく、花房は快活に笑った。それから、彼女らしくない爽やかな笑みを浮かべて、花房は続ける。

「ねえ。夜宮ってさ、いまどうせ暇だよね？　手伝ってよ」

「どうせ暇ってなんだよ……めちゃくちゃ忙しいっての。これから家帰って、女子高生が南極を目指すアニメを観なきゃいけないし、それに大型モンスターを狩猟するゲームもやんなきゃいけないし、あと胸の紐を引っ張ったら顔と両腕からチェンソーが出てくる主人公の漫画も読まなきゃいけないし──」

「ほら、暇じゃん」

「なんでパンピーはすぐ、オタクが趣味に浸ってる時間を暇って言っちゃうの？　俺達オタクにとっては、そんな時間こそが有意義な時間なんだけど？」

「あははっ。まあ、憂花ちゃんも根はオタクだから、そこはわかるけどね。——でも、あんたにとっては、それらの何よりも優先されるべきは、この憂花ちゃんでしょ？」

「…………」

「だから、憂花ちゃんが『あんた暇だよね？　手伝って』って言ったら、夜宮は何もかもをなげうってでも、憂花ちゃんに傅かないといけないんだけど？」

「何でそんな、『北の反対は南だよ？　そんなことも知らないの？』ってトーンで性悪なこと言えるのお前？　あと『傅く』って日常会話で初めて聞いたわ」

「いやツッコミとかいいから。——憂花ちゃんは答えだけが欲しいの。ほら、ぐだぐだ言ってないで早く頷きなよ」

「これ、性悪とかじゃなくて、もはやただのドSなのでは？」

ツッコミとかいい、と言われた俺はそれでもそうツッコみつつ、一つ息を吐く。それから、ついうんざりした声音になってしまいながらも、彼女に言った。

「で？　何を手伝えばいいんだ？」

「……ふふっ、本当に手伝ってくれるんだ？　別に、憂花ちゃんがあんたに話しかけたのは、あんたとちょっと話がしたかっただけで、断られたらそれでもいいと思ってたんだけど……偽善で付き合うのなら、そんなのはいらないよ？」

「…………」

「あんたが手伝いたいって思ってくれたなら、手伝ってよ」

手に取りやすい理由を潰され、一瞬黙ってしまう俺。けれど、さっきの花房の様子を見て、推しの努力に胸を打たれていた俺は、体育館に足を踏み入れながら尋ねた。

「それで？　俺は何をすればいいんだ？」

「……あはっ。夜宮って、憂花ちゃんのこと好き過ぎじゃない？」

「ああ、大好きだよ。――まんさきのＵ－Ｋａがな」

「いちいち照れ隠ししなくてもいいのに」

「ただの本心なんだよなあ……」

俺はそう言いつつ、体育館の中ほどまで進む。そしたら、「じゃあ、夜宮はゴール下に入って。それで、ゴールしたボールを憂花ちゃんにパスしてくれる？」と言われたので、俺はバスケットゴールの下に位置取った。

「ところで、さっきから花房さんは何をしてたんだ？」

「何をしてたって……見てたならわかるでしょ。フリースローだよ」

「いや、そういうことじゃなくて。このフリースローはどうなれば終わりなんだよ？」

「ああ……それはね、憂花ちゃんが五回連続で、この位置からシュートを決められたら終わり、ってしてる」

「……花房さんって、実は自分に厳しいのか？」

「ふふっ、違うよ。憂花ちゃんは、憂花ちゃんの有能さを信じてるだけ」

　そう言い終えると同時、ボールを持って高くジャンプする花房。手首のスナップと共にボールを前へと押し出し、バスケットゴールに投げる。それは綺麗な山なりの放物線を描き、ゴールリングへと吸い込まれていった。――ぱすっ。乾いた心地いい音が鳴る。それが床に着く前に、俺は落ちてきたバスケットボールを両手でキャッチした。

　すると、それを見た彼女は俺に向かってピースサインを掲げながら、こう言った。

「どうも。容姿端麗、眉目秀麗。歌が上手くて可愛くて、頭もそれなりに良くて、そのうえスポーツまでできちゃう憂花ちゃんです。惚れるのはご自由に。でも、あんまり入れあげ過ぎないでね？　憂花ちゃんはみんなの憂花ちゃんなので、あなた一人のものにはならないから。憂花ちゃんのことは、ちゃんと分をわきまえたうえで愛してね！」

「これで、あとは性格さえ良ければなあ……」

　画竜点睛を欠く、ということわざがこれほどまでに似合う女も珍しかった。

　それから花房はしばらくの間、五回連続ゴールを目指してシュートを続けた。三回、四回連続までは何とかいけるんだけど、五回となると難しいらしく、目標達成には惜しいところで届かない。……意外とプレッシャーに弱いタイプなのかね？

俺がそんなことを思いながらボールを彼女にパスしていると、ふいに——花房は不思議そうに小首を傾（かし）げながら、尋ねてきた。

「どうして憂花ちゃんがこんなことをしてるのか、聞かないんだ？」

「……聞いたら、教えてくれるのか？」

「ううん。教えてあげないけど」

「じゃあ『何で聞かないの？』って聞くなよ……」

「あはは、確かに。いま憂花ちゃん、ちょっとめんどい女子っぽかったかも。——滅多に見れない、憂花ちゃんのめんどい部分が見れてよかったね」

「お言葉ですけど花房さん。あなた、普段から結構めんどい女ですからね？」

俺がそう言うと、花房は愉快そうに微笑したのち、「そっか、聞かないんだ」と繰り返した。……そこにどんな意味があるのか、俺には推し量れなかったけど、花房がそう呟いた時の表情は、どこか穏やかで——それに俺はつい、ドキリとしてしまうのだった。

そんなこんなで、俺が花房を手伝い始めてから、三十分。時間も時間だし、そろそろ諦めて終わろうと彼女に提案するべきか、俺が悩み始めていた、その時——。

「絶対決める。だって、ムカつくし。だから、決める」

そんな、花房の心情が現れた……だけど、その心根までは見通せない呟きを漏らしながら、五投目。——綺麗に飛び上がった彼女は、ボールを投げた。

美しい軌跡を描いて飛ぶバスケットボール。それが、どんっ、とバックボードに当たった、次の瞬間——ぱすっ、と。あの乾いた音が、俺と花房の耳に飛び込んできた。

そうして、ゴールリングを通ったボールが、体育館の床に落ちる。だけど俺は、それを拾いに行くことはしなかった。だってそんなこと、もうする必要がなかった。

「い、いまの……花房！」

「いやったあああああああああ！」

花房はそう叫ぶと、ぴょんぴょん飛び跳ねながらこちらに駆けてきた。それから、俺の目前まで来ると「いぇい！」と言い放ち、右手を挙げてくる。ハイタッチの構えだ。

……しかし、目標をクリアしてハイテンションになっている花房とは対照的に、彼女の手伝いをしていただけの俺は、割と冷静で——かつ、そんなことが気軽にできるような陽の者ではないので、思わず躊躇してしまった。……お、女の子の手に自分から触れるとか、そんなの、恥ずかしくて恥ずかしいんですけど……⁉

そうして、俺が幾度となく、振りかぶって彼女の手を叩こうとしたのち、恥ずかしくなってやめる、を繰り返していると、ついには——ほんのりと頬を赤らめた花房が、そんな俺を見ながらこう怒鳴った。

「いやもじもじすんなし！」

「……す、すまん……」

「ハイタッチなんか、別に恥ずかしいことじゃないから！　だっていうのに、あんたが恥ずかしそうにするから、私まで恥ずかしくなってきちゃったじゃん！　ほんと、どうしてくれんの⁉　憂花ちゃんが挙げたこの手、どうしてくれんのよ！」

「……ゆっくり、下ろして頂ければ……」

「ああもうちょっと手貸して！」

花房はそう言うと、ハイタッチをするために挙げている右手は維持したまま、空いていた左手でいきなり、俺の手の甲を摑（つか）んできた⁉

「なっ……お、お前、なにを……⁉」

「うっさい。いちいちリアクションすんな」

つい頬を赤らめる俺を無視しつつ、花房は摑んだ俺の手を、自身の顔の前に掲げた。

次いで彼女は、俺の手のひらに向かって勢いよく、自身の右手をぱちん！　と叩きつける。そうしながら彼女は、どこか無理やりなハイテンションで「い、いぇーい！」と騒いだ。酷く自分勝手なハイタッチだった。いや、そもそもハイタッチかこれ……？

それから、ハイタッチ（？）を終えるとすぐさま俺の手を解放してくれた花房は、朱に染まった自身の顔を手のうちわで扇ぎつつ、刺々しい声音で言った。

「はい、これでハイタッチ完了ね！」

「ハイタッチって、完了するものでしたっけ？」

「これに関しては全面的にあんたが悪いんじゃん。ああん？」

「はい、ですね。ごめんなさい」

わかりやすくキレている花房に、俺は素直に頭を下げる。自分が悪いと思った時にちゃんと謝れる俺は、本当に偉い子だと思いました。親の育て方が良かったんだね。

そうして、俺に頭を下げられたのを受け、はあ、と一つ大きく嘆息した花房は、ゴール下に転がるボールを取りに行き、それを俺にパスした。――反射的にボールをキャッチする俺。次いで彼女は、スカートのポケットから何かの鍵を取り出し、それも俺に投げてくる。俺がその鍵も受け取ったのを見届けると、花房は酷く冷たい声で言った。

「じゃあ、バスケットボールを戻すのと、体育館の鍵を戻すの、やっといて」

「…………」

「なにその不服そうな目。いま憂花ちゃん、すっごい腹の立つことがあったんだけど？」

「どうぞお帰り下さい花房様。あとはわたくしめがやっておきますので……」

「ん。普段からその態度でいてよね」

花房はそう言いつつ、自身の荷物が置いてある体育館脇に移動する。学生カバンからタオルを取り出して汗を拭うと、そのまま学生カバンを肩に掛けて体育館を出て行――こうとする直前、一度だけこっちを振り返った。

それから、呆れ混じりの微笑を浮かべた彼女は、俺に向かって言うのだった。

「手伝ってくれて、ありがと。――またね」

「――――」

俺が驚いたのを確認すると、花房は悪戯っぽく笑って、今度こそ体育館を出て行った。

……そうして体育館に残されたのは、右手に鍵を持ち、左手にバスケットボールを抱えた俺一人。しばらくして我に返った俺は、そこでようやく、花房に対する返事を口にする。

「……ああ、またな……」

聞こえていなくても、彼女にそう言った。

それは、ファンとしては間違っていたかもしれないけど、それでも――花房に聞こえていないのをいいことに。俺は彼女に、そう言うのだった。

第九話　推しとお菓子を食べた。

その日の放課後。俺が部室の扉を開けると、そこには——大量のお菓子が並べられた四角テーブルの真ん中で、豪快にコンビニパスタを啜ってる女がいた。

「……あの、何してんのお前……」

「何って、ご飯食べてるんだけど？」

「いや、それはわかるけど……つかニンニク臭っ！」

「ちょっと。女の子にニンニク臭いとか言わないでよね」

「いやだって、ただの事実だし……お前こそ、勝手に他人の部室に入って、こんな悪魔的な匂いを充満させるなよ。法の網を掻い潜ってるだけで、何らかの犯罪だろこれ……」

「別にあんたは文芸部員なだけで、ここがあんたのものって訳じゃないでしょ」

「それはそうだけど、だからってお前みたいな部外者に、文芸部の部室をニンニク臭くされる謂れはねえよ」

俺はそう言いつつ、いつも通り、パソコンの前の席に座る。

改めて花房を観察してみると、どうやら彼女が食べているのは、コンビニで売られている大盛りペペロンチーノのようで、いま部室が殺人的な匂いに満ちているのはそのせいらしかった。……ラーメンG太郎といい、本当にニンニク好きだなこの女……。

というか、この状況はなんというか、色々とおかしかった。――まず花房は今日、まんさきの仕事を理由に、学校を欠席していたのに……何故か、放課後の部室にはいるし。なんなら、部室の鍵を勝手に開けて、先にいるし。

しかも、ただ先にいるだけではない。いま花房がついている四角テーブルには所せましと、山ほどのお菓子が並べられていた。たぶんコンビニパスタと同様、これらのお菓子も学校近くのコンビニで調達してきたんだろうけど――何でこいつ、こんな大量のお菓子をここで広げてんだよ……家に持って帰れよ。

そんな風に状況を検分したのち、諸々察した俺は、とある予測を立てる。

『家に帰ったら絶対に、プリン食べる』

以前そう言っていた花房は食べることが大好きで、嫌な思いをした際には好きなものを食べることで、自身の抱えるストレスを解消する傾向があった。

そんな彼女がいま、仕事終わりに大量のお菓子を買い込み、ここに来ている――。

それはつまり、花房は今日、仕事で何か嫌なことがあって……だから、そのムシャクシャした気持ちを晴らすために、人目につかない文芸部の部室で、お菓子をやけ食いしようとしているのではないだろうか？

そこまで予想した俺は、花房を刺激しないよう、軽い声音で尋ねた。

「何か、仕事であったのか？」

「……別に？　何もないけど？」

「そうですか……」

何かあった奴の「別に」だった。どうも、行間を読めるタイプのオタクです。

……というか、花房は本当にこういう時、愚痴や弱音を零さないよな。こいつ、俺に愚痴りたいから部室に来てるんじゃなかったのか？　俺がそう考えながら彼女を見ていると、ふいにパスタを食べる手を止めた花房が、ジト目になって俺を睨んできた。

「……そんなに見られても、あげないけど？」

「食べたくて見てたんじゃねえよ。他人がみんな、お前みたいな食いしん坊だと思うな」

「誰が食いしん坊じゃ。あんたの妹に酷いことしてやろうか」

「性悪じゃなくて極悪じゃねえかそれ。家族にだけは手を出すな」

俺のそんなツッコミを聞き流しつつ、ずぞぞっ、とパスタを啜り上げ、それを完食する花房。彼女は「ごちそうさまでした」と手を合わせると、椅子から立ち上がり、四角テーブルに広がる大量のお菓子を片っ端から開け始めた。

「…………」

　いや、食べるのから順に開けてけよ。そんなことしたら最後の方は絶対しけっちゃうだろ。子供みたいなやつだな。

　俺のそんな思いなどつゆ知らず、テーブルに広がるお菓子の口を全部開け終えると、花房はむふー、と息を吐いたのち、レジ袋からコーラを取り出して、こう呟いた。

「いま、ゆうかの宴が始まる……！」

「……何というか、人生楽しそうだなお前」

「は？　むしろ逆なんですけど？　人生は憂花ちゃんに厳しいから、憂花ちゃんはたまにこういうことをしないといけないんですけど？」

「そ、そっか……悪い、余計なこと言った」

　あの『家帰ったらプリン食べる事件』が顕著だけど、こう見えて花房、ストレス耐性はめっちゃ低いもんな……。

　俺がそんなことを思っていると、花房は突然「ちっ」と小さく舌打ちをしたのち、どこか取り繕ったような微笑を顔に張り付けてから、言葉を続けた。

「や、そんなマジになって謝んなくていいから。――別に、いまのは冗談だし。憂花ちゃん、人生が厳しいとか、全然思ってないよ？　だって私、そこら辺の女の子じゃ手に入れられないもの、いっぱい持ってるもん。才能、お金、美貌――そんな、何でも持ってる憂花ちゃんが人生厳しいとか、思う訳ないじゃん」

「でも、何でも持ってるからって、悩み事が一つもないかって言ったら、そういう訳でもないだろ？」

「――――」

「まあ、何でも持ってる奴の悩みがどんなものかなんて、そんなん知らねえけどさ。俺みたいな何も持ってない奴には想像もできねえよ。……ただ、想像ができないからって、それがないってことにはならないだろ」

そこまで言ったのち、俺はぞわり、と自身の腕に鳥肌が立つのを感じ――それでようやく、冷静な自分を取り戻した。

……お、俺はいま、偉そうに何を言ってた？　まんさきのU－Ka（ゆうか）に対して、こともあろうに、俺なんかが……まさか、彼女を励まそうなんて、そんな大それたことを考えた訳じゃないよな？　俺はそこまでうぬぼれた人間じゃないよな？

そうして、自分のした発言に不安を抱いていると、花房はふい、とそっぽを向くように顔を横に逸（そ）らしながら、不貞腐（ふてくさ）れたように言った。

「できないくせに、優しくしようとか、しないでくれない？」

「…………」

「まあ、優しくしようとしてくれたのは、素直に嬉しいけどね……」

そんな可愛らしいことを呟く彼女の頬は、少しだけ朱に染まっていた。

それに気づいた瞬間、花房の方をまともに見れなくなる俺。自分が言ったこと、彼女が言ってくれたことに対して、脳内で「ああああああああ！」とのたうち回る。種々様々な感情が去来し——俺の頭の中で、想像上のちっちゃい俺が、想像上のベッドの上をめっちゃごろんごろんしていた。とりあえず、誰かいますぐ俺を殺してくれ。

それから、どこか照れくさそうな顔をした花房は「んん！」と咳払いをすると、ぷしゅっと開けたペットボトルのコーラを一口だけ飲んだのち、改めて宣言した。

「さ、さて！　それじゃあ気を取り直して、お金持ちの憂花ちゃんが金に飽かせて大人買いしてきた、これらのお菓子を食べよーっと！」

「……なんかお前が金持ってるのって、結構怖いよな……いつか軽い気持ちでＦＸとかに手を出して、エラいことになりそうでファンとして心配……」

「心配してもらわなくても、憂花ちゃん、稼いだお金はお菓子とラーメンＧ太郎とＣＤぐらいにしか使ってないから、大丈夫だよ」

「それはそれで、女子高生として心配になるな……というかお前、マジでこんな山盛りのお菓子を全部食べきる気か？　何個か、家に持って帰ったりは——」

「ううん、しないよ。つか、ここにあるお菓子の封を片っ端から開けちゃったのに、それで食べない訳ないじゃん。夜宮は馬鹿だなあ」

「この量のお菓子を片っ端から開けちゃったお前にだけは言われたくねえよ……別に俺、花房さんがすげえデブったとしても、まんさきのＵ－Ｋａを応援し続けられる自信はあるんだけど——さすがにカロリーとか考えた方がいいんじゃないか？」

「大丈夫。ちょっと前にも言ったけど、憂花ちゃん、いっぱい食べても全く太らない体質だから。むしろカロリーの方が、どうやったら憂花ちゃんを太らせられるか考えた方がいいんじゃない？」

「何なんその、とにかくお前が高慢だってことしかわかんない謎発言は」

そんな会話を交わしたのち、花房は早速、開封したお菓子に手を伸ばし始めた。ポテチを食べて「うま」、チョコを食べて「やば」、スナックを食べて「やばたにえん」と感想を漏らす。めちゃくちゃ知能が低下していた。やばたにえんなのはお前の語彙力だろ。

そう内心でツッコみつつ、俺は近くにあったポテチの袋に、そっと手を伸ばす。

これだけあるんだし、一つくらいいいだろ、と伸ばされた俺の右手は、しかし——ぱしん！　と。ポテチを摘まみ取る前に、花房にはたき落とされてしまった。

「いたっ！　な、何を……」

「あんたこそ、何してるわけ？　これは憂花ちゃんが自分で選んで、自分でお金払って、自分で持ってきたお菓子なんだけど？　だから、あんたが食べていいわけなくない？」

「い、いやでも、こんなにいっぱいあるんだから――」

「いっぱいはないじゃん」

「え……？」

　言われた俺は改めて、四角テーブルの上に広がったお菓子を見やる……ピ〇ポテト、コンソメ〇ンチ、わさ〇ーフ、ポッ〇ー、プ〇ッツ、トッ〇、ポテ〇ング――それ以外にも初めて見た新商品や、攻めた味付けの斬新なお菓子が、そこには山ほど置かれていた。

　それらを確認したのち、俺は再び花房を見つめる。すると、彼女は改めて言った。

「いっぱいは、ないじゃん？」

「やだこの子。いっぱいの基準が一般人とかけ離れてる……！」

「だから、夜宮が食べていいお菓子なんか、ここにはないの。もし食べたいんだったら、憂花ちゃんがお金あげるから、自分で買ってきなよ」

「お金を渡してお菓子買わせてくれるとか、お前は俺のおばあちゃんなの？」

　俺がそうツッコんでも、花房は未だ警戒したまなざしで俺を睨んでいた。いや、もう食おうとしねえから、そんな万引きGメンみたいな目をこっちに向けんなよ……つか、不用意に他人の手をはたかないでくんない？　俺みたいなモテない系男子は、女の子の手にはたかれた程度のことでも十分ドキっとできるからな？

俺が心の中でそう思っていると、お菓子を食べ進めていた花房が、突然――「やばっ！」と一際大きな声で言って、一つの袋を手に取った。

それはポテチ系のお菓子で、パッケージには『ポテサラ味』と表記されていた。

「これやばい！　超おいしい！　食べてみて！」

「え？　食べていいのか？」

「いいから！　ほら早く！」

「さっきは俺がポテチを一枚食べようとしただけで、怒ったくせに……」

「いつの話してんの？　早く食べてって！」

こちとら、ついさっきの話をしてるんですけど。さすがに鳥頭が過ぎるだろ。

思いつつ、俺は花房が向けてきた袋の口から、彼女オススメのポテチを一枚摘まみ、食べてみる。――ん！　これは結構悪くないな……いや、むしろいい！　美味しい！

「なかなかいけるな……」

「でしょ？　やっぱなー、憂花ちゃんはこういうとこがあるんだよねー。お菓子選びですら、神に最高のセンスを与えられてしまう……はあ、失敗とか、してみたい……」

「いや、こんだけ買えばそりゃ一個くらい当たるだろ」

テーブルに広がるお菓子の山を横目に見ながら、俺はそうツッコむ。それから、マジでこの味を気に入った俺は再度、ポテサラ味のポテチに手を伸ばしたけど、次の瞬間——ぱしっ！　という音と共に、俺の右手は再び、花房にはたかれてしまった。

「いたっ！　お、お前……」

「どうして夜宮は学習しないかなあ……いい？　これは、憂花ちゃんのお菓子なの！　だから、あんたは、食べちゃ駄目！」

「そんな犬に躾けるみたいに言わなくても、わかるから……というか、このポテチに関しては、俺も食べていいってなった訳じゃないのか？」

「違うし。憂花ちゃんはあんたと、『このポテチ美味しいよね！』っていう感想を共有したかっただけで、それが共有できたらもう、あんたに食べる権利はないの」

「……なるほどな。つまり花房さんは、自分の感想に共感してもらいたかっただけで、美味しいお菓子を俺に食べさせてあげたかった訳じゃないと？」

「そう！　だいたい正解！」

「当たってこんなに嬉しくないクイズも珍しいな……」

何というか、すげー花房らしい一幕だった。

俺が勝手に彼女のお菓子を食べるのは駄目だけど、感想の共有をするために食べるのは良くて。でも、そのための一枚を食べ終えたら、あとはちょっとも食べちゃいけない、とか——花房の性悪さというか、女の子らしい自分勝手さが滲(にじ)み出た言動だった。

……もうなんか最近、花房憂花って女の子に、まんさきのU－Kaを追い求めてる俺の方が悪い気がしてきたよこれ……俺がそんなことを考えていたら、ふいに、花房のスマホがぴんこん、と鳴る。どうやらラインのメッセージが届いたらしい。

「せっかく、人がお菓子フェスしてる時に……」

彼女はそう呟きつつ、学生カバンから取り出したポケットティッシュで手を拭くと、スマホを確認する。

すると、花房は見る見るうちに顔を青ざめさせて、ついには——「うわああああああ忘れてたあああああ！」と絶叫した。な、なに急に⁉　すげー怖いんですけど！

「ど、どうした……？」

俺のそんな問いかけに対し、花房は涙目になってこちらを見やる。「よ、夜宮ぁ……」

普段の彼女からは想像もできない、弱りきった、縋(すが)るような声音に驚いていると、花房は悲しげな表情を隠さないまま、話を続けた。

「いま、マネージャーさんから連絡があってね……そういえば憂花ちゃん、一週間後に、タワレコのポスター撮影をするんだよ……」

「へえ！　すごいじゃんか！　タワレコのポスターにまんさきが！」

「うん。それ自体はすっごい嬉しいんだけどさ……だから憂花ちゃん、体型とか、気にしないといけなくて……」

「……………あ」

そんな会話をしている俺達の目の前には、口の開いたお菓子の山。

こんなん、わざわざカロリーを計算するまでもない。これだけのお菓子を一人で食べれば、誰だってデブまっしぐらだった。

「ゆ、憂花ちゃん、マジで太んないんだよ？　カロリーとか気にしなくても、ぜんぜん太らない体質で、だから……これも、食べて平気なのに……」

「い、いや、花房さん？　この量は、さすがに――」

「違うのよ！　本当に、食べても平気なの！　このくらいなら食べたって絶対、太る筈なんかなくて！　だから、食べてもいいんだけど……これは、プロとしての自覚だから。ここで、我慢できずにお菓子をばくばく食べちゃうとか、そんなのは……まんさきのU－Kaとして、あり得ないから……だから、憂花ちゃんは我慢するしかないんだよ……うわあああああん！」

　そう泣き叫びながら、自身の顔を両手で覆う花房。……どうやらマジで泣いてるらしかった。そ、そんなにか……そんなに食べたかったか、これらのお菓子が……。

　それから、花房の嗚咽がニンニク臭い部室にしばし響いたのち——ようやく泣き止んだ彼女は涙を拭うと、静かに顔を上げる。

　そして、まっすぐ俺を見つめながら、花房は真剣な声音で言った。

「そういう訳だから……あんたが、食べて」

「い、いいのか？　お前が食べたかったお菓子だろ？」

「うん、いいよ……本当は、よくないけど。ここでよくないって言わないのが、私なりの覚悟だもん。——そうやって私は、『満月の夜に咲きたい』のボーカル、U－Kaをやってきたんだから」

「セリフだけは滅茶苦茶かっこいいぜ……」

　ただ、この話をざっとまとめると、『お菓子をいっぱい開けちゃった花房が、ポスター撮影を控えているのを思い出して、もうお菓子食べれない。悲しい』ってだけである。こんなちっちゃいエピソードで、まんさきのU－Kaとしての強さを見せてくれるなよ……。

　俺はそう思いつつも、真剣な表情の花房に「わかった」と頷いてみせると、さっそく封の開いたお菓子を食べ始める——。

　ちなみに、花房チョイスのお菓子はそのどれもが美味しいものばかりで、確かに彼女にはお菓子選びの才能まであるのかもしれなかった。風が語りかけます。うまい、うますぎる……（このネタがわかったあなたは埼玉県民）。

「ああ、ポッ〇ー……！　そんな、いっぺんに食べちゃ勿体ないでしょ……もっと一本一本、味わって食べ——なっ、コンソメ〇ンチもそんなに！　ああ！　ざーって！　最後、袋の底に残ったポテチのカスをざーって！　それ、憂花ちゃんがやりたかったのに！」

「…………」

「ポテサラ味！　憂花ちゃん、それ好きだって思ったから、後半にいっぱい食べようと思って残してたのに！　えっ……ちょっとポテ〇ング⁉　嘘、ポテ〇ング全然食べてなかった！　大好きなのに！　大好きだからまるまる手をつけてなかった！　やだ、夜宮に全部食べられちゃう……そんなのやだああああああ！」

「いや食いづれえよ‼」

　やいのやいの横から言ってくる花房に、俺は大声でツッコんだ。

　いやほんと、こいつ面白過ぎない？　俺、お菓子食べてるだけよ？　それなのに、こんだけリアクションが取れるなんて、どんだけお菓子が好きなんだよ。どんだけ食べることが好きなんだ。

そんなこんなで結局、俺が花房のお菓子を全部食べてしまうのも、どうにも心苦しかったので……俺は一人でコンビニに行き、そこでジップロックを購入。さっさと部室に戻ると、口の開いたお菓子をジップロックに移し替え、花房に持たせるのだった。

そしたら花房はマジの顔で「ありがとう、夜宮……」と言ってきたけど、いや、この程度のことでそんなガチ感謝をするなよ……もっと違う場面で聞きたかったわ。

第十話　推しにインタビューした。

放課後。文芸部の部室にて。

「やっぱ、まんさきは最高やで……！」

俺は一人、スマホに接続したワイヤレスイヤホンで『満月の夜に咲きたい』の曲を聴きながら、そう呟いていた。

……いや、確かにまんさきは最高だけど、なんでこいつ関西弁喋ってんだよ。ここ、埼玉だぞ。誇れるものがかの名作、『クレヨンしんちゃん』くらいしかない県だぞ。こんな何もない県に燦然と輝くしんちゃんは、そろそろ県民栄誉賞でも貰うべき。

思いつつ、俺が音楽を聴きながらブログを書いていたら、部室の扉を開けて花房が入ってきた。なので俺は右耳のイヤホンを外し、片手を挙げた彼女の「やっほー」という言葉を受け取ると、「おう」とだけ返事をした。……なんか態度が偉そうだけど、これはただ単に俺がコミュ症なだけなので、気にしないでください。

それから、花房は俺の隣の席に座ったのち、こう尋ねてきた。

「何聴いてんの？」

「何って、別に……」

何故か言葉を濁す俺。いや、普通にまんさきって言えばいいだろ……なんで俺は今更、花房に「まんさきを聴いてた」って言うのを恥ずかしがってんだよ。

俺が自分にそうツッコんでいると、花房は「ふうん？」と言って首を傾げたのち、何故かにやにやする。それから、彼女はどこか悪戯っぽい表情と声音で、こう続けた。

「ちょっと片方貸してよ」

「なっ……お、お前、何を――！」

「そんな戸惑わなくてもいいでしょ」

花房はそう言いつつ、いま俺が外した方のイヤホン――右耳のイヤホンを手に取り、自身の耳につけた。一方、左耳のイヤホンは、俺の耳についたままなので、つまり……ななな、なんじゃこの状況⁉ とんでもなく顔が近いんですけど⁉

つかこれ、あれじゃん！ 付き合い立てのカップルなんかがやる、彼氏と彼女でイヤホンを片方ずつ分け合って、それエモいのやつじゃん！ 実際やってみると、エモいというか普通に恥ずいんだけど⁉

「ああ、『満月の夜に咲きたい』を聴いてたんだ……いいよね、まんさき。谷町さんの書く曲が最高なのは当然として、ボーカルの子が本当に歌上手いよね！ しかも、容姿も抜群に可愛いし。あーあ、憂花ちゃんも、まんさきのボーカルみたいになりたいなあ」

「わざとらしい自画自賛をすんなよ……」

どこか楽しげに言う花房に、俺はそうツッコむ。……というか、間近で見るこいつ、めちゃくちゃ可愛いなおい！　まつ毛なが！　肌きめ細か！　唇ぷるっぷる！　そして、改めて花房の美人具合をこと細かに描写してる俺キモ！

そう思った俺はつい、そばにある彼女の顔から逃げるみたいに、顔を逸らした。それを受けて花房は、また一段とにやにやした笑みを浮かべると、小馬鹿にするように続けた。

「ふふっ、何照れてんの？　童貞丸出しなんだけど」

「う、うっせえ……というか、女の子が童貞とか言うなよ……」

「まあでも、憂花ちゃんだからね。憂花ちゃんの大ファンであるあんたが、ファンじゃなくたってドキドキするくらい可愛い憂花ちゃんとこんなに接近できたら、顔を真っ赤にするしかないか。——ほらほら。一生の思い出なのに、憂花ちゃんの顔、もっとちゃんと見なくていいの？　こんなに至近距離で憂花ちゃんを見つめられるなんて、こんな幸せなこと、もうあんたの人生にはきっとないよ？」

「や、やめ……頬を指でつつくな……！」

童貞を殺す気かよ、この女！

イヤホンを片方ずつシェアして音楽を聴きながら、他人の頬を指でつんつんしてくるとか、マジでこいつ……ありがとうございます！（本音）

ただ、心の中でそう歓喜してしまった俺だったけど、一点だけ。この状況に関して、すげえツッコみたい部分があるとするなら――。

「そ、そもそもこれ、ワイヤレスイヤホンでやるやつじゃねえから……!!」

だから顔が近えんだよ！　普通のイヤホンでそれをやった場合に生じるゆとりがないぶん、顔と顔の距離感がエグいんだよ！　強すぎる刺激やめろや！

俺が内心でそうツッコミを重ねていると、花房は「あははっ、確かに」と笑いながら、右耳につけていたイヤホンを外し、俺に返してくれた。それを受けて俺は、そのままイヤホンを学生カバンにしまう。まったく、童貞をからかうのも大概にしろよな……。

それから、花房は改めて椅子に座り直すと、可愛らしく小首を傾げながら口にした。

「憂花ちゃんのこと、もっと好きになったでしょ？」

「……べ、別にー？　こんなことされても、まんさきのＵ－Ｋａはこんなビッチな真似はしねえのになあ、って思うだけですけどー？」

「こういう時、素直になった方が可愛いのに。ふふっ」

そう言ってからかうように笑う花房。うるせえ。ビッチ臭いことしやがって、とは確かに思ったたっての。

そうして、場の空気がひと段落すると、花房は「あ、そうだ」と呟いたのち、自身の学生カバンをがさごそ漁り、そこからとある雑誌を取り出した。

「はい、これ。あげる」

「え？　……あ、これ……」

「あんたがいま聴いてた音楽がまんさきじゃなかったら、あげないつもりだったんだけどね。でも、まんさきだったからあげるよ」

花房がそう言いながら俺に手渡してくれたのは、有名な音楽雑誌だった。

しかも、そこに写っているのはなんと、いま俺の目の前にいる女の子で——まんさきのU－Kaが流し目でこちらを見ている写真が、その音楽雑誌の表紙を飾っていた。

「…………」

それを見た俺はつい、深く黙り込んでしまう。何というか、言い表せない感動がこの胸に去来した。——それは俺達ファンにとって、一つの到達点だった。

自分の大好きなアーティストが、有名な音楽雑誌の表紙を飾る……俺が何をした訳でもないのに、この表紙を改めて見た俺はやっぱり、無性に嬉しくなってしまうのだった。

「どう？　憂花ちゃん、超可愛く撮れてるでしょ？」

「ちょっと黙ってろ。俺はいま、まんさきのファンとして、すげえ感慨に浸ってるんだから……」

「いや、まんさきのファンならなおさら、そのボーカルである憂花ちゃんを蔑ろにするって、おかしいと思うんだけど……」

「よくやったな、U－Ka……すごいよ、お前。まんさきがここまで来れたのは、もちろん谷町さんの作る楽曲が最高だからってのが大前提なんだけど、それでも。ボーカルがお前じゃなかったら、まんさきはきっと、ここまで辿り着けなかった。おめでとう……」

「ちょっと夜宮？　雑誌の中の憂花ちゃんに向かってすっごい良い事言ってるけど、いるから。それを直接言える相手が、隣にいるから。どうせならこっち見ながら言いなよ」

「ああ、花房。お前まだいたの？　もう帰っていいよ？」

「こいつ頭バグってんの？」

本気で理解不能という表情で、そんなキツイ言葉を吐く花房。失礼な女だなおい。少しはまんさきのU－Kaを見習って欲しいぜ。

思いつつ、俺はぱらぱらと雑誌をめくる。表紙を飾っているだけあって、今号はまんさきを特集しているらしく、そのうちのとある一ページを見た俺は、何の気なしに尋ねた。

「確かまんさきを結成してすぐの頃に、ネットのインタビューでも話してたけど……ここでもまた、まんさきのボーカルとしてデビューするまでの経緯を話してるんだな？」

「うん。今回はまんさき特集だから、改めて話して下さいって言われてね。だから憂花ちゃん、慌てて当時のインタビュー読み返したもん。それで、『ああ、そうそう。憂花ちゃんはこういう理由でまんさきのボーカルになったんだった』って、ちゃんとその辺の設定を思い出せたから、今回もばっちり話せたよ！」

「おい。設定を思い出したっておい」

本当、こういうところがあるから、まんさきのＵ－Ｋａと花房を切り離して考えたくなるんだよなあ……俺はそう嘆息しつつ、一つ覚悟を決める。

正直、聞いてて楽しい話にならないのはわかっていたけど、それでも――いちファンとして、聞かずにはいられなかったから。

俺はつい、彼女にこんな質問をしていた。

「そういやお前、過去のインタビューでは――子供の頃から歌手になりたくて、だからそのために歌い手を始めた自分がこうして、まんさきのボーカルとしてデビューできるのが本当に嬉しい……って言ってたけど、それは真っ赤な嘘なのか？」

「真っ赤な嘘って、人聞きの悪いこと言わないでよ。半分くらいしか嘘じゃないし」

「半分は嘘なんじゃねえか」

「『満月の夜に咲きたい』のボーカルになれて嬉しかったのは嘘じゃないよ？　嘘なのは、歌手になりたくて歌い手をやってた、って部分。——だって憂花ちゃんは、中学一年生のあの頃、ただ承認欲求を満たしたかったから歌い手になったんだもん」

「考えうる限り最低の理由！」

あらん限りの力でそうツッコむ俺。いやあ、最悪だわ……花房は本当に、俺の中にあるまんさきのＵ－Ｋａ像を、綺麗に壊してくれるよなあ……もう、砕くところないんだけどなあ……鳥取砂丘くらいサラッサラなんだけどなあ……。

「いやでも、冷静に考えれば、中学生なんてそんなもんか……」

「そうそう。あの頃の私は最悪だったよー？　今みたいに仮面を被ることも覚えてなかったから、性格の悪い憂花ちゃんを垂れ流してたし。あははっ」

「たぶん、『あははっ』で済む笑い話じゃねえんだよなあ……それで？　承認欲求を満たしたくて歌い手になった花房さんは、承認欲求を満たすことができたのか？」

俺がそう聞くと、花房は窓の外に視線を向けつつ、少しだけ笑んだ。

どこか過去を懐かしむように目を細めた彼女は、そのまま言葉を続ける。

「うん。意外と憂花ちゃん、歌い手になってからすぐに有名になれたし。だから、有名曲のカバーを出すたびにコメント欄でみんなに褒めてもらえて、嬉しかったなあ……それに、今みたいに、お仕事としてやってた訳じゃなかったしね。だから単純な楽しさで言えば、あの頃が一番、歌ってて楽しかったんじゃないかな」

「……いまは、楽しくないのか？」

「や、そういう話をしてるんじゃないじゃん。これだから頭の固いオタクは……」

花房はそう言うと、やれやれ、みたいな感じで首を振った。……悪かったな、二元論でしか物事を語れないオタクで。

俺がそう不貞腐れていたら、花房はそんな俺を見て何故か「ふふっ」とたおやかに笑ったのち、顎に手をやりつつ語り始めた。――それはどこか、どこまで話していいのかを自分でも模索しながら話しているみたいな、そんな喋り方だった。

「あんたはまだ知らないかもしれないけど、お仕事にしちゃったら、それがどんなに大好きなことでも、『楽しい』って思いだけじゃやれなくなっちゃうのよ。もちろん、楽しむのは大事なんだけど、それだけで仕事しちゃいけない。私はそんなことを、一緒に仕事をしているプロの人達から学んだの」

「………………」

「あの人達は誰も、憂花ちゃんを『女子高生』として見てくれない。『まんさきのボーカリスト』として対等に扱ってくれるし、私が求められた仕事をできない時には、まだ女子高生だからって、そんな言い訳じゃ許してくれないの。私を『仕事のできない人間』って評価して終わり。……『満月の夜に咲きたい』のボーカルになるっていうのは、そういうことだった。ただの中二だったあの頃の私は、それを覚悟してた訳じゃないけどね。それでも、わた――憂花ちゃんはそういう世界に、自分から飛び込んだんだよ」

そんな風に滔々と話す花房の姿を、俺は正面から見つめる。

本人の口から語られるそれは、俺がこれまで読んできた彼女のどんなインタビューよりも濃く、生の感情に満ち溢れていた。……ただの女の子だった彼女が、まんさきのボーカリストになるまでにどんな苦悩を越えてきたのか、それは俺にはわからない。でも――。

花房はきっと、ちゃんと努力をして、まんさきのＵ－Ｋａになったんだと思った。

それだけは、彼女がいま語る言葉で、姿で、強く感じることができたのだった。

「……中学生の頃の私はただ、みんなに褒めてもらいたかっただけだった。家族が『憂花は歌が上手いね』って褒めてくれたから、もっといっぱいの人に褒めてもらいたくて、歌い手を始めて――まんさきのボーカルになれば、もっともっといっぱいの人に、褒めてもらえるかもしれないから。そんな、いま考えれば安直な理由で、『満月の夜に咲きたい』のボーカルになったの」

「………………」

「だから、始まりが歪だったから、私は……憂花ちゃんは、仮面を被るしかなかったんだよね。性悪な自分を、まんさきのＵ－Ｋａに作り変えるだけの時間はなかった。根本からそうはなれなかったから、本当の私をクローゼットの奥に押し込んで、よそ行きの自分で着飾ったの。それが、憂花ちゃんの始まりかな。――あんたを騙してたまんさきのＵ－Ｋａが、生まれた瞬間だったってわけ」

「そっか……」

花房に対する俺の印象が、また少しだけ変わったのがわかった。

もちろん、理由があるからって、やっぱり彼女を許せはしない。俺はまんさきの拗らせオタクで、しかも狭量な人間だから、偽りの仮面を被っている彼女を、未だに許しきることはできなかったけど……応援は、したいと思った。

これまで通り、まんさきのＵ－Ｋａを応援するのは、もちろんだけど。

そんな仮面を被る花房に対しても、応援だけはしたいと、そう思うのだった。

そうして、花房の少し長い話が終わると、場に沈黙が落ちた。俺からしてみれば、その沈黙は決して気まずいものではなかったけど、花房にとっては違ったらしい。彼女は少しだけ頬を朱に染めると、顔を逸らして「ちっ」と舌打ちをした。

「ああもう、またくっだらねーこと喋っちゃったじゃん……こんなの、誰にも言うつもりなかったのに……夜宮って実は、すっごい聞き上手だったりするわけ？」

「ああ、それはあるかもな……俺、妹やお母さんの話聞くの、すっげえ上手いし」

「……ごめん、憂花ちゃんから言っといてなんだけど、夜宮が聞き上手とかなかった。間違えてごめんね？」

「なんで俺が否定してないのに、最初に話をふってきたお前が否定してんだよ……それは話が違うだろ」

「だって夜宮、今の言い方だと、普段は家族としか喋ってないっぽいし……そんな人間が聞き上手になれる訳なくない？」

「お前は名探偵コナンかよ……真実を見抜く能力が高すぎない？」

「あとなにげ、夜宮が母親のことを『お母さん』って言ってるの、かわいっ、て思ったんだけど。男の子って普通、お母さんって言うの？　母さんとか母親って言わない？」

「……う、うっせえな……」

「何も反論できなくなってるところとか、更に可愛いんだけど」

「本気でうるせえな！」

顔を真っ赤にしてそう怒鳴る俺に、花房は悪戯っぽい笑みを浮かべる。別に意識してなかっただけに、つつかれるとめっちゃ恥ずい部分だった。……い、いやでも、お母さんをお母さんって言って、何が悪いんだよ……。

俺は内心でそう抗議しつつ、一つ大きく息を吐いた。そして今更ながら、俺に雑誌をくれた花房に対して、彼女が表紙を飾っているそれを持ち上げながら言った。

「これ、ありがとな。家帰ったら読むわ」

「ん。ありがたく読みなよ？　憂花ちゃんがあんたみたいな路傍の石ころに優しくするなんて、ハレー彗星（すいせい）の観測と同じくらい珍しいことなんだから」

「次、花房さんが俺に優しくしてくれるのは、七十六年後か……」

「ふふっ。でもまあ、あんたは憂花ちゃんの大ファンだからね。――憂花ちゃん、ファンは大事にするから」

「……そっか」

ああ、それは知ってる。

俺はそう、頭の中だけで返事をする。それを言葉にはできなかった。

それから、花房はどこか大人びた微笑を一瞬だけ浮かべると、それをすぐさま子供じみた笑顔に変えたのち、明るい声音でこう言ってきた。

「さて！　それじゃあそろそろ、本屋に行こっか！」

「は？　本屋？　なんで？」

「なんでって、そんなの——憂花ちゃんが表紙を飾った雑誌がどんだけ売れてるか、見に行くに決まってんじゃん」

「……花房さんって意外と、そういうみみっちいこと好きだよな」

「みみっちいって何よ！　頭切り開いて脳みそグチャグチャにするよ⁉」

「悪口の範疇を超えてるだろそれ……って、なに？　本当にいまから行く気か？」

そそくさと席を立ち、帰り支度を始めた花房に、俺はそう尋ねた。そしたら彼女は「当たり前でしょ」と返事をする。というか確認なんだけど、それって——。

「そ、その本屋には、俺も一緒に行く感じですか……？」

「？？？　そうだけど？　なんか問題ある？」

「い、いや、問題というか……そもそも、俺が一緒に行く意味なくないか？」

「え？　だって憂花ちゃん一人で雑誌を見に行ったら、『まんさきのU－Kaだ！　あの子、自分が表紙の雑誌を一人で買いにきてる！　意外と自分好きなのかな？　かわいいー！』ってなっちゃうじゃん。そうならないための理由付けに、あんたが必要なのよ」

「あ、ああ、そういう……」

「……ん？　もしかしてあんた、憂花ちゃんがあんたと放課後デートしたいから、夜宮を誘ったとでも思った？」

「そそそそそんな大それたこと思う訳ないだろうが！」

「……夜宮ってさ、たまに自意識過剰な時があるよね」

「ぐはう⁉」

心臓を言葉のナイフで刺される俺。犯人は過去に同じ罪を犯した経験のある、前科一犯の女だった。花房はいつも、言葉のナイフを懐に忍ばせ過ぎだろ……俺がそんなことを思っていると、帰り支度を終えたらしい彼女は改めて、俺に向かって言った。

「よし。それじゃあ行こっか」

「……もしそれを、俺が嫌だと言ったら？」

「は？　拒否権？　そんなの、夜宮にある訳ないんですけど？　憂花ちゃんの言うことは絶対なんですけど？」

「それどこの王様ゲーム……」

「王様ゲーム？　なにが？」

「あ、別に王様ゲームをなぞった訳じゃないのね？　……というか、王様ゲームの文言をパクった訳じゃないのに、素でその発言が出てくるあたり、こいつやべえな……」

「つか、無駄なことぐだぐだ話しててもしょうがないから。ほら行くよ」

「……………」

花房にそう言われても、頑として椅子から立ち上がろうとしない俺。そんな俺を見た花房は、わかりやすくイラついたような顔になると、俺を睨みながら言葉を重ねた。

「なにが気に食わないわけ？　憂花ちゃんと放課後、一緒に街をぶらぶらできるんだよ？　憂花ちゃんの大ファンであるあんたなら、食いついて当然だと思うけど」

「そこなんだ、花房さん。そこなんだよ」

「え……そこなんだよって、何が？」

「俺は、まんさきのU－Kaの大ファンだからこそ、こう思うんだ――俺みたいないちファンが、まんさきのU－Kaと一緒に、二人で出かけていい訳がないと！」

「……こいつ、憂花ちゃんのことが好き過ぎてめんどいんだけど」

「ファンにめんどいとか言うな。お前はそれでも俺の推しかよ」

俺がそう言うと、花房は気怠そうに一つため息を吐いたのち、椅子に座り直した。それから、俺をじっと見やる。さっさと話を進めろ、とその目が語っていた。

「俺はな、花房さん……まんさきのU－Kaの周りには、一人も男がいて欲しくないんだよ。谷町さんはまあしょうがないとして、まんさきのU－Kaから『男っ気』というものが一ミリだって香ってて欲しくないんだ。これはわかるよな？」

「まあ、うん……独占欲ね？」

「うーん、それともまたちょっと違うんだけど……ともかく。そういう訳だから俺は、まんさきのU‐Kaの大ファンとして——俺という男がまんさきのU‐Kaと一緒に出歩くことを、許容できないんだよ！」

「……そこは普通、憂花ちゃんと一緒にいられて嬉しい！　ってなるんじゃないの？」

「馬鹿。そうなる奴は三流だよ」

「それが三流なんだとして、憂花ちゃん的には、いまこんなどうでもいいところで揉めさせられてる一流のあんたの方が、よっぽどしんど——何でもないけどね」

「言葉を飲み込むのが遅えんだよなあ……」

でも、本当にそう思うのだ。

俺はまんさきのU‐Kaを心から推してるからこそ、推しとの関係を弁えずに、放課後、彼女と一緒には出かけられない。それが俺の思う、ファンとしての一線だった。

まあ俺、CDショップとかで彼女と会った時には、普通に話し込んでたけど……ただ、推しと偶然外で会うのと、一緒に出掛けるのとでは、そこにある親密さが違うしな。

俺がそう思っていると、花房はまた一つため息を吐いたのち、呆れたように言った。

「一緒に来てくんないと、まんさきのデモ音源、あげないけど？」

「な——そ、それは、お前……契約と違うじゃねえか！　だってあれは、花房さんの本性を俺が他人に漏らさずにいたら、その報酬にあげるって約束で――」

「うん、そうだね。そういう約束だった。でも、こんなに可愛い憂花ちゃんと、放課後デートしたくないなんて……そんなわがまま言うなら、あげないよ？」

「わがまま言ってんのはどっちだよおい！」

まんさきのデモ音源の約束を、体よく利用し過ぎだろこいつ。

俺がそう思いながら花房の目を見やると、彼女はイラついたようにこちらを睨み返してきた。……あ、マジだ。こいつ、俺がこれから彼女と一緒に本屋に行かなかったら、マジでデモ音源の約束はなかったことにする気でいる。き、汚えよそれ……！

思いつつ、俺は二つの事柄を、頭の中で天秤にかける……まんさきのU－Kaが男と一緒に歩くべきじゃないという、ファンとしての矜持を取るか。それとも、まんさきのデモ音源という、ファンなら喉から手が出るほど欲しいレアアイテムを取るか――。

熟考したのち、結局は浅ましい結論を出してしまった俺は、小声で言うのだった。

「……わ、わかった。それじゃあ、その……行くか」

「ん？　なに？　憂花ちゃん達はどこに、何をしに行くのかな？　ちゃんと言ってくんないとわかんないなあ？」

「それは、だから……本屋に……」

「いやいや、違うでしょ？　それは目的地で、憂花ちゃん達が何をするかは、別にあるじゃん。——ほら、言ってみ？　夜宮の口から言ってよ」

「そ、それは、あの……ほ、放課後、デートに……」

「ふはっ！　放課後デートって！　なにそれ、あまずっぱ！　いやいや、別に憂花ちゃん達、そんなんしに行く訳じゃないから！　ただ二人で本屋に行くだけだし！　なに？　夜宮、そんな風に思ってたの？　ちょっとー、勘違いしないでよ。まあ、こんなに可愛い憂花ちゃんと二人で外を歩けるってなったら、勘違いしちゃうのもわかるけどね？　——さ、一緒に行こっ！」

「なんじゃこの女！」

手のひらの上でころころと弄ばれたのち、俺はそう怒鳴った。い、いやでも、本当にいまのは性格悪いだろ！　男子高校生の純情をなんだと思ってんだこいつ！

俺は脳内でそう叫びつつ、「早く早くー」と花房に急かされるまま、部室を出る……と。

まあ、こうして俺は、望むと望まざるとに拘わらず、放課後。

何故か俺の推しと一緒に、本屋に行くこととなってしまったのだった。

ちなみに、これはちょっとしたオチだけど——花房から貰った、まんさきのU－Kaが表紙を飾る音楽雑誌は、昨日が発売日だったので……実のところ、俺は彼女から雑誌を貰わなくても、既に一冊、家に同じものが置いてあるのだった。

まったく、ファンとして推しに気を遣うのも、大変だぜ……まあ一応、花房がくれた方の雑誌にはブックカバーをかけたのち、神棚に祀(まつ)っとくけどさ……一応な、一応。

第十一話　推しを助けようとした。

「お、おい、もっと離れて歩けよ……まんさきのU－Kaが男と一緒に歩いてるところを、そこら辺のパンピーに撮られて、その写真がSNSにアップされて、それが挙句の果てにはネットニュースにでもなったりしたらどうする気だ……！」

「いやいや、気にし過ぎでしょ……だいたい、夜宮はあらゆる面でこの天使過ぎる憂花ちゃんに釣り合ってないんだから、憂花ちゃんの彼氏とは思われないって」

「ああ、確かに！　俺はクソ雑魚陰キャオタクで、花房さんは超絶美人だから、こんな二人が並んで歩いてても、そういう仲には見えないか！　あっはっはっ！　――その通りなだけに傷つく事実を言わないでくんない？」

俺のそんな発言を受けて、花房は「え、ノリツッコミした……？」と驚いたように呟いた。やめて。確かにノリツッコミはしたけど、改めて言われると恥ずかしくなっちゃうからやめて。

花房と一緒に部室を出てから、数十分後。

チャリを学校に置いたまま、電車でさいたま新都心駅に来た俺達は現在、そこから少し遠い場所にある、大きめの本屋に向かって歩いているところだった。

にしても、なんかいいよな、さいたま新都心って……利便性で言ったら大宮の方が上なのかもだけど、街の雰囲気が落ち着いてるし、何より、色んなアーティストがライブ会場に使ってる『さいたまスーパーアリーナ』に徒歩で行けんのがすげえ羨ましい。俺、大人になったら大宮を出て、さいたま新都心近くのタワマンに住むんだ！　いや、東京に行けよ。埼玉とかいうザ・ベッドタウンを出ろよ。

そんなことを考えながら、俺は花房と隣り合って広い歩道を歩く。……しかし、この状況をまずいと思った俺はすぐさま花房の背後に回り、彼女と前後の位置関係になった。

すると、前を歩いていた花房が俺へと振り返り、不満げな声音で話しかけてくる。

「いや、何で憂花ちゃんの背後取ってんの？　横に並べばいいじゃん」

「こっちの方が、パパラッチに写真を撮られた時、恋人っぽくないだろ？」

「パパラッチって……あんたは何と戦ってるわけ？」

「というかお前も、マスクだけじゃなくて、前みたいに帽子とサングラスもつけてちゃんと変装しろよ。そんなまんさきのＵ－Ｋａを隠しきらないまま、市内を練り歩くなって。プライベートの芸能人なんか一回も見たことがない、さいたま市民の皆さんがびっくりしちゃうだろうが」

「いやあんた、さいたま市民舐めすぎでしょ……」

呆れたような声でそう言う、マスク姿の花房。

一応、彼女は学校を出る直前からマスクだけはつけているものの、その美しさはマスク程度では隠しきれておらず、なので花房はいま、芸能人オーラをガンガンに垂れ流していた。それ、少しは念みたいに制御できないのかよ。

「てか憂花ちゃん、今日は帽子とサングラスは持ってきてないから。だいたい、学校にあんなん持ってきてるのがバレたら、こいつ芸能人ぶってるって、みんなから嫌われちゃうに決まってるじゃん」

「ああ、そっか……そういうとこ、気をつけてるんだな？」

「うん。人気者は大変なんだから。——何も考えずにぼけーっと毎日を生きてる、あんたら凡人とは違ってね」

「言ってることはわかるんだけど、凡人代表として腹を立てずにはいられねえな……」

俺達はそんな会話を交わしつつ、縦に並んだ状態で本屋へと向かう。何なら、お互いの距離もそこそこ開けていたので、俺が花房のストーカーをしてるみたいになってた。

そのうち、前を歩いていた花房が振り返って「……これ、放課後デートって言える？」と聞いてきた。「たぶん言えない」って俺は答えた。彼女はむくれた。完。

　そうして二人で歩いていると、ふいに――正面から歩いてきた二人組の男達が「え、まんさきのU‐Ka？　マジで？」「うわ、すっげえ可愛い！」と言いながら花房に近寄ってきた。二人共、年は大学生くらいで、片方は丸坊主。もう片方も丸坊主だった。……いや、そこはどっちかが違う髪型であれよ。描写しづれえなおい。

「まんさきのU‐Kaさんですよね？　握手して下さい！」

「はい、いいですよ」

「ありがとうございます！　――うおおお！　まんさきのU‐Kaと握手しちった！」

「俺もいいっすか？」

「はい、もちろん」

　先に握手した坊主（便宜上マルコメと呼ぶ）は花房の手を離すと、その場で小躍りし始めた。次いで、マルコメのあとに手を出してきた坊主（便宜上マサオくんと呼ぶ）は、花房と握手しながら「へへ……」と不愉快な笑みを浮かべる。……なんだこいつ気持ちわりぃなおい、と反射的に思ってしまったけど、たぶん俺もまんさきのU‐Kaと握手できたらあんな顔になるので、あんま他人のことは言えなかった。

　そんな風に状況を観察していたら、マサオくん（便宜上おにぎりと呼ぶ）が、握手した手を離さないまま、こう続けた。つかおい、いつまで握手してんだおにぎりテメエ。

「写真もいいっすか？」

「あの、ごめんなさい。写真はちょっと……皆さんお断りしてるので」

「ええ？　駄目っすか？　一枚だよ？　別にインスタとかにアップしないし」

「ごめんなさい。それにいま、制服着ちゃってますし……」

「ちょっといっくん。U‐Kaさん困ってんじゃん。無理言うなよ」

「………」

　マルコメに制止され、わかりやすくムッとした表情を浮かべるおにぎり。それで逆に火がついたのか、彼は握手した手を未だに離さないまま、軽薄な言葉を重ねた。

「つかさ、これから三人でお茶とか行かない？　学校終わって暇でしょ？　俺らもさ、いまちょうど暇してたし。どう？　これ、ワンチャンあるでしょ」

「……あの、そういうのは、ちょっと……」

「だから、いっくん――」

「うるせえなおめえ。いま俺が口説いてんだから邪魔すんなよ」

「………」

「ね？　U‐Kaちゃん。三十分だけだから。別に変なこととかしねえし。だから、サン○ルク入ろうぜ？　もちろん、俺の奢りね。いいだろ？」

「あの、離してください……」

「付き合ってくれたら離してあげるよ。だから、な？　行こうぜ？」

おにぎりはずっと、花房の手を握り続けていた。

どうやら善良な一市民らしいマルコメは、そんな彼の暴走を止めたいようだったけど、力関係はおにぎりの方が上らしい。だから花房はいま、誰にも助けてもらえないまま、大学生の男に握手され続けていた。

……だというのに彼女は、一度だってこちらに目を向けてくれない。

助けを求めてくれれば、俺はそれを理由にできるのに——彼女は、そうしてはくれないから。だから俺はわざわざ、そうするための理由を、自分の中から探し出さなくちゃならなかった。

「…………」

正直な話をすれば、俺はこういう時、誰かを助けることができない人間だった。

もし本当にヤバそうなら、警察に通報はすると思う。でも、そうでないのなら——知らない女の人が無理やりナンパされていても、それを見て見ぬフリして、そのまま家に帰るに違いない。そんで、その時抱えた『もやもや』に心を蝕（むしば）まれつつも、その出来事を忘れようとする。俺っていうのはそんな、意気地のない、しょうもねえ高校生だ。

でも、これは違うだろ。

赤の他人を助けようとしてる訳じゃない。こんな俺と、理由は歪でも、学校で話をしてくれる彼女が、辛い目に遭っているのだ……だっていうのに、それで動かないのは、男が廃るとかそういう次元じゃない。

人間のクズか、そうじゃないかって話だ。

俺はアニメやラノベが大好きなキモオタで、学校で友達を一人も作れない陰キャで、上手く女の子と話せないクソ童貞だけど……だからって、推しが傷つけられるのを黙って見てられるような、無能なファンではいたくないから。

それは、俺みたいな人間でも唯一持つことができた、ちっぽけなプライドだった。

「お、おい……！」

「……あ？」

マルコメ、おにぎり、花房が囲む円の中に、俺は無理やり割って入る。

すると、そんな俺に気づいた花房が「……え、何やってんの？」みたいな視線をこちらに向けてきた。お前を助けに来たっていうのに、随分な歓迎だなおい……俺は思いつつ、一つ大きく深呼吸をする。

……正直言って、無茶苦茶恥ずかしい。どの口がそんなことを言うんだと、言う前からそう思っているけど、それでも――ウザ絡みしてくる男を追い払うには、こういう言葉が一番効くことを知っていた俺は、できうる限りのイケボで、こう言うのだった。

「や、やめてもらえますか？　お、おおおお俺の、かかかか彼女に……！」

「「「…………」」」

うすら寒い謎の静寂が、俺達の間に落ちる。

なんなら「ぴゅうー」という効果音と共に、西部劇とかでよく見る、ころころ転がる草のアレ（タンブルウィード）が、視界の端を横切った気がした。いや、何この状況……何で俺、花房を助けに入って、盛大にスベッたみたいになってんの？

俺がそう思っていると、ふいに――「ふはっ！」という、我慢できずに漏れ出てしまったような、女の笑い声が聞こえてきた。……そう、女の笑い声。つまり、この状況でいの一番に笑い出したのは、他ならぬ彼女で――。

なんと、この女……花房憂花はあろうことか、俺の一世一代の助け舟を、『なにこの船、超しょぼいんですけど！』と笑いやがったのだ！

それから、花房は堪えきれないと言わんばかりに「あははは！」と大きな声で笑い始めた。それにつられておにぎり、マルコメも「「は、はは……あはははは！」」と笑い出す。

何この状況。つらい。つらいということしかわからないけど、とにかくつらい。

「いやいや、夜宮……か、彼女って……！　憂花ちゃんのファンでしかないあんたが、この憂花ちゃんの彼氏になれる訳ないじゃん！　つかそんなん、憂花ちゃんを助けるための嘘だってすぐばれるし！　せめてそういう嘘を吐くなら、もっと堂々としててよ！　そんな自信なさげに、しかもめっちゃカミカミで言われても、説得力とか一個もないから！　ねえ、あんたもそう思うでしょ⁉」

「……あ、ああ！　いきなり出てきて、何なんだよこいつ！　あはははっ！」

「でも、そんな夜宮のことを、憂花ちゃん以外が笑う権利とか、ないから」

ぎろり、と。花房のテンションに合わせて俺を笑ったおにぎりに対し、彼女は冷たい視線と言葉を投げつけた。それを受けて「あ？」と威圧し返すおにぎり。どうやら花房に敵意を向けられたのを敏感に察知したらしかった。

花房はそんなおにぎりを警戒しつつ、握手をしていない方の手——左手をスカートのポケットに入れる。そこで何かごそごそしながら、彼女は言葉を続けた。

「つか、さっきから手汗がキモいんだけど。いい加減、手、離してくんない？」

「……だから、お茶に付き合ってくれたら離すって言ってるじゃん」

「言わなきゃわかんない？　憂花ちゃんみたいな美人が、あんたみたいな顔面偏差値二十の男にほいほいついてく訳ないじゃん。——え？　そんなこともわかんないの？　あんた、家に鏡とかある？　もし鏡があるのに憂花ちゃんを誘ったんだとしたら、あんたは一回、自分の目がちゃんと見えてるかどうか、眼科で視力を測ってもらった方がいいよ？」

「なっ——てめえ！」

おにぎりはそう叫ぶと、握手していた手を一度離し、改めて花房の手首を摑んだ。そしたら、次の瞬間——。

びー！　びー！　びー！　と爆音で響く、耳障りな警報音。

それは花房の体のどこかから大音量で鳴り、辺り一帯に騒音をまき散らした。

いきなりのそれに驚く、俺、マルコメ、おにぎりの三人。周囲の人々も、なんだ何の音だと視線を巡らし、それが俺達の方から聞こえているとわかると、こちらに目を向けてきた。そうして、衆目の注意が集まったところで、花房はよく通る声でこう言った。

「す、すみません！　だ、誰か、警察を……！」

「——」

「い、いっくん！　警察はやばいって！　行こう！」

花房の一言にビビったマルコメが、おにぎりにそう声をかける。それを受けておにぎりは摑んでいた花房の手首を離し、マルコメと共に脱兎のごとく逃げ去っていった。

……そうしてその場に残されたのは、俺と花房の二人のみ。

彼女は一つ息を吐きつつ、スカートのポケットからスマホを取り出すと、そこから出ていたフルボリュームのビープ音を止めるのだった。

次いで彼女は、周囲の人達に「お騒がせしてごめんなさい！　もう大丈夫です」と言いながら、頭を下げたのち——問題が解決したことをアピールするみたいに、口元を覆っていたマスクを顎の方にずらすと、にこやかな笑顔を見せた。

ただ、そんな風に笑みを浮かべる彼女の足は、少しだけ震えていた。

それから、何とか状況を乗り切った花房は、「はあ……」とほっとしたようにため息を吐くと、改めて俺に向き直る。呆れ交じりの微笑を浮かべながら、彼女は言った。

「あのさあ、もうちょっと上手いことできなかったわけ？」

「……お、お前こそ。花房さんを助けようとした俺に対して、あの仕打ちはなんだよ……お前がめっちゃ笑い出したあの瞬間、消えてなくなりたかったぞ……」

「あははっ！　だって『俺の彼女』って……夜宮が身の程知らず過ぎて、つい笑けちゃったんだもん。それに、あんたらしくない言葉だったから、ってのもあるしね。……いやほんと、なんだったのあれ？　あんたなりの盛大なギャグ？」

「こちとら大真面目だったっつうの！」

「ふふふっ！　あー、おかしかった。マジ、ここ最近で一番笑ったかも。——てか、別にあんなの、憂花ちゃん一人でどうとでもなったのに」

「確かに、最終的にはお前一人の機転で、あいつらを追っ払ったもんな。……じゃあ、俺のやったことって、いったい……」

「ふふっ……でも、ありがと。これっぽっちも役に立たなかったけど、割って入ってくれて嬉しかったよ。たとえそれが、結果的には何の意味もなくてもね」

「お前、本当に俺に感謝してる？　感謝してる人間の言葉とは思えないんだけど？」

「あはははは！」

俺にそうツッコまれ、心底楽しそうに笑う花房。見やれば、彼女の足の震えはもう止まっていた。……俺がもっと推しを守れるファンだったなら、花房に怖い思いをさせなくても済んだのかな。そんな風に少し凹んでいると、花房は明るい声で続けた。

「でも、意外かも。夜宮ってああいう時、何もしてくれないと思ってたから」

「お前、俺をどんだけ見くびってたんだよ……ツレがやばい男に絡まれてるのに、何もしない訳にはいかないだろ」

「あ、いや、ちょっと言い方を間違っちゃった。そうじゃなくて——ああいう風に、直接助けに来てくれるとは思ってなかった、ってことね？　それは例えば、警察を呼んだりとか、周囲に助けを求めたりとか、そういうのはしてくれると思ってたけど……あんたって意外と、男気があったりするの？」

「俺に男気とか、ある訳ないだろ」

「なんて気持ちのいいダメっぷり……じゃあ、何で憂花ちゃんのことは、ああやって助けてくれたわけ？」

「…………」

答え辛い質問に、俺はつい黙り込む。

そうしてしばしの間、俺が何も話せずにいると、花房は俺に向かって微笑みながら、

「憂花ちゃん、こういうの、いつまでも待つタイプだから」と言ってきた。……この女、やりづれえわー。俺の性格も何となく把握してるくせに……。

俺は内心でそう悪態をつきつつ、その重たい口をなんとか開ける。――自分の中にある感情と向き合いながら、その一つ一つの真贋を探るように、無理やり言葉を紡いだ。

「俺が、お前を助けようとしたのは、その……たぶん、自己満足でしかないんだ。――きっと、お前の為じゃない。そうじゃなくて、ここで何もしない俺を、俺が許せなかったから……俺はそんな安っぽい正義感に突き動かされて、ああしただけなんだよ」

「ふうん、そっか……ふふっ、根っからの善人だね」

「――いや、待て。すまん。違う。いま俺、自分に嘘ついたわ……いや、正確には嘘じゃないし、そういう思いは確実にあって、だからお前じゃなくても助けようとしたっていうのは、たぶん本当なんだけど……でも……」

「焦んなくていいよ。言葉になるまで待ってあげる。――だって、憂花ちゃんはいい女だからね。ちゃんと待っててあげるよ」

「本当にいい女は、そこまで言わないんだけどな……」

俺がそう言うと、花房はくすりと笑った。それから、俺は再度、頭の中で言葉をこねくり回す――どこまでなら言っていいのか。結局のところ、どれが本当の気持ちなのか。花房に誤解がないよう、でも全てをさらけ出さないよう、自身の感情を整理する。

その結果、俺の口からまろび出た言葉は、あまりにもシンプルなものだった。

「俺はただ、お前が男に絡まれてる姿を見た、あの時に……どうしても、ああせずにはいられなかった。たぶん、それだけなんじゃねえかな……」

「……上手く女の子を助けられない、不器用のくせに？」

「ああ、うん……確かに俺は、そういうのが上手くできない、不器用な人間だけどさ……でもそんなのは、お前を助けない理由には、ならなかったから」

「――――」

「だから俺はきっと、いま目の前で絡まれてるのが花房さんじゃなかったら、ああいう風には動けてなかったんじゃねえかな……警察に通報？　とか、もっと冷静に対処してたと思うんだけど……花房さんが傷つけられてるのを見たあの瞬間に、臆病な自分を押さえつけてでも、ああせずにはいられなくなったというか――い、いやつうか、花房さんが、じゃなくて、俺の推しがな？　……そう！　俺は、俺の推しが酷い目に遭ってたから、お前を助けようとしただけで――まんさきのU－Kaを助けるために、お前を助けたかった。それだけなんだよ」

「………」

「でもまあ、どんな理由であれ……結局はいまお前が言った通り、花房さんの役にはこれっぽっちも立たなかったんだけどさ。いやほんと、ダッセエわ俺……」

心底そう思った俺はつい、そんな自嘲を花房に漏らした。……つか、ちょっと待て。そもそも『俺ダセエわ』って花房相手に愚痴ってんのがまた、すげえダサいのでは⁉

そんなクソ恥ずかしい事実に気づいてしまった俺は、花房にそれを指摘されるのではと不安になり、慌てて彼女の様子を窺う。すると、そこにあったのは――。

ぽけーっとした顔で俺を見てくる、花房憂花の姿。彼女は口を少しだけ開けて、頰をほ

んのり朱色に染めて、どこかのぼせたような表情で、俺のことをぼんやり見つめていた。

「花房さん？　どうした？」

「へ？　——あ、いや、別に？　きゅんきゅんとか、特にはしてないけど？」

「は？　きゅんきゅんって、いきなり何の話だよ。女性ファッション誌のことか？」

「それは『CanCam』ね。……うわ、つまんな……」

「お、お前……つまんないと思った時に、つまんないって言うのやめない？　それを言いだしたら俺、何も面白いこと言えなくなっちゃうよ？」

「え？　いままで面白いこと言ってたつもりだったの？」

「お前マジで言葉のナイフ何本持ってるわけ？　俺のこといつか言葉で刺し殺す気かよ」

俺のそんなツッコミにまた楽しそうに笑ったのち、花房は「なんかわかんないけど、上手く誤魔化せたかな……」と呟きながら、赤らんだ自身の頬を両手で包んだ。んんん？　誤魔化せたって何の話だよ？　……きゅんきゅんのくだりのことか？

俺がそう考えていると、花房はぱん、と一つ手を叩いたのち、改めて言ってきた。

「さて。それじゃあ、気を取り直して本屋行こ！」

「ん、そうだな……そもそも、俺達はそのために外出してたんだもんな」

「……外出っていうか、まあ、放課後もにゃもにゃだけど……」

「放課後もにゃもにゃって何だよ。そこははっきり、放課後デートって言えばいいだろ。何で今更濁したんだ」

「……や、ないから。これ、放課後デートとかそんな、恥ずかしいやつじゃないし」

「お前から言い出したことのくせに、急に梯子(はしご)を外すなよ……そうマジで否定されると、ただただ俺の心がつれえだろうが……」

「………」

俺のそんな発言に、何か言いたそうな顔をする花房。けれど、彼女はそのまま言葉を飲み込むと、俺の隣に並び立ち、そのまま二人で歩き出した。……本当は先程までと同様、縦に並んで歩きたかったけど、花房がまたああいう輩(やから)に絡(から)まれるのは嫌だからな。

そうしてしばらく歩いていると、ふいに、隣にいる彼女に見られている気がした。

なので俺は反射的に、ちら、とそちらに視線を向ける。すると、どこか夢見心地といった様子の花房と、ばっちり目が合ってしまった。

「――――」

瞬間、花房は何故(なぜ)か顔を真っ赤にして、すぐさま俺から目を逸(そ)らす。……なんで目を合わすのは嫌なのに、こっちを見てくるんだよ……え、なに？　もしかして俺いま、ズボンのチャックでも全開にしてる？　だから花房はそんな、照れたような顔してんの？

そう思った俺がズボンのチャックを確認しても、そこは開いておらず……だから俺は首を傾げながら、再度前を向いて歩き始めた。そしたらまたすぐに、真横から視線を感じる。なので彼女の方を見たら、一瞬だけ目が合ったのち、それを慌てて逸らされた。

それからは以下、同じことの繰り返しで——。

見られる。見る。逸らされる。

見られる。見る。逸らされる。

……そんなことが八回は続いたため、それを受けて俺は、花房に話しかけた。

「あの……さっきからすげえ見てくるけど、なんなの？」

「は？　むしろ、夜宮が憂花ちゃんを超見てるんじゃゃん。そのせいで、目とか合いまくるし……キモいからやめてくんない？」

「だからそれは、お前が俺をすげえ見てくるから、それが気になって俺も見返した結果、そうなっちゃってるだけだろ……いやほんと、どうしたのお前？　俺の顔なんか見て、何がそんなに面白いんだよ？」

「や。別に、面白いから見てる訳じゃないし……ただ気づいたら、つい目線がそっちにいっちゃうっていうか——別にあんたの顔なんか見たくもないけどね！」

「……さっきから何なのお前。ちょっと様子がおかしくない？」

「あああああもうっ！　やっぱ今日はもういい！　憂花ちゃん帰る！」

怒りからか顔を真っ赤に染めつつ、大声でそう怒鳴る花房。それから、彼女はすごい速さで回れ右をすると、元来た道を引き返し始めた。……え、本屋は？　まんさきのU－Kaが表紙を飾った音楽雑誌がどれだけ売れてるか、確認しに行かなくていいのか？

「お、おい、花房さん？　マジで帰っちゃうのか？」

「うん、帰る！　憂花ちゃん、今日はもうこれ以上、あんたと一緒にいられないし！　だから帰る！」

「そんな酷い理由で⁉　お前は一体なにをきっかけに、急に俺と一緒にいんのが恥ずかしくなったんだよ……」

「つか、そういうことじゃないから……でも、そういうことじゃない、って言うのがもう違うっていうか——ああもうなんなの⁉　こいつは別に普通なのに、憂花ちゃんだけがこうなってんの、おかしくない⁉　すっげー納得いかないんだけど……！　どうして歌が上手くて、頭もそこそこ良くて、運動だってできて、顔が抜群に可愛い憂花ちゃんが、あんたなんかにこうなんなきゃいけないわけ⁉」

「……よくわかんないけど、俺が理不尽に怒られてるってことだけは理解できた」

俺がそう言葉を漏らすと、花房は「じゃあそういう訳だから！　またね！」と言って、駅の方へと早足で去っていった。いや、どういう訳だ一体。

「……これから、どうすっかな……」

俺はそんなことを呟きつつ、まだ少し遠くにある本屋を見やる。

結局、俺は花房と別れたあとも、そのまま一人で本屋へ向かい……まんさきのＵ－Ｋａが表紙を飾る音楽雑誌がどれだけ売れているのか、確認してくるのだった。

ちなみに、結構売れてて嬉しかった。承認欲求がえぐい花房も、これを見て承認欲求を満たせばよかったのに……彼女って意外とこういう事実に喜びそうだから、明日にでも雑誌が売れてたことだけ教えてやろうと思いました、まる。

第十二話　推しが肩こりになった。

最近、花房憂花（はなふさゆうか）の様子がおかしい。

いやまあ、俺にとってのあいつは、ゴミ箱を蹴りつけてたあの瞬間から、ずっとおかしな女なんだけど……最近の彼女は、それとはまた別のベクトルで様子がおかしかった。

それは例えば、先日の出来事なんかが、わかりやすくて——。

その日。俺はいつも通り、職員室で鍵を受け取ったのち、文芸部の部室へと向かっていた。そしたら、部室の扉の前に……スマホを手鏡代わりに使いながら、しきりに前髪をいじっている、花房の姿があった。

「……なんか、前髪ちょっとおかしい？　てか、今日リップ濃すぎかも……憂花ちゃんはそもそも可愛いし、唇ももとから赤いから、薄くのせるくらいでよかったのに……」

……薄々わかってたけど、あいつ、独り言でも自分のことを『憂花ちゃん』って呼ぶんだな。どんだけ自分が好きなんだよ。

それから、花房はスマホをスカートのポケットに仕舞うと、何故か緊張した面持ちで、何回か「すぅー、はぁー……」と深呼吸したのち、部室の扉に手をかけた。

なので俺は彼女に、背後から話しかける。

「まだ鍵、開いてないぞ」

「ひゃあっ⁉　……あ、あんた、まだ中に入ってなかったの……？　つか、じゃあ、さっきの私の行動も……み、見てた……？」

「ああ、少しだけな。なんかしきりに前髪を気にしてたけど、今日は髪型のセットが決まらなかったのか？」

「────」

かあああ、と顔を林檎(りんご)ぐらい真っ赤にする花房。……い、いや、何故に？　女の子なんだし、髪型がおかしいかもって悩むことぐらい、普通にあると思うんだけど。

俺がそう考えていたら、花房は俺の横をすり抜け、部室からすたすた遠ざかっていく。

それを受けて俺が「え、花房さん？」と話しかけると、彼女は振り返ってこう怒鳴った。

「別に！　文芸部の部室の前で髪を直してたのとか！　何の意味もないから！」

「お、おお……特に意味なんか見いだしてなかったけど、そうか……」

「じゃあ、憂花ちゃんもう帰るから！　ばいばい！」

「えっ……部室には寄ってかないのか？」

「寄ってかない！　別に、あんたに会わなくても憂花ちゃん、毎日楽しいし！」

「どういう自慢だそれ。――というか、じゃあさっき、部室の扉に手をかけてたのはなんだったんだよ？」

「うっさい！　黙れ！　またね！」

「……怒るのか別れの挨拶を言うのか、どっちかにすれば？」

俺がそう言っても、花房はそれを無視。彼女は荒々しい足取りで廊下を歩き去ると、そのまま階段を降りていった。

そうして、花房の姿が見えなくなった、次の瞬間。

「……ああああああああああ……！」

という、何かを恥ずかしがるような叫び声が、廊下にこだまするのだった。……あの、姿は見えずとも、謎の咆哮が聞こえちゃってるんですけど。

とまあ、そんなことがあったり。また、別の日では――。

俺と花房はその日、部室で思い思いの時間を過ごしていた。俺はパソコンに向かってブログの執筆。花房は俺の方をちらちら見やりつつ、スマホをぽちぽちいじっていた。

というか最近、暇さえあれば花房に見られてる気がするんだけど、これはモテない男子特有の自意識過剰ですかね……？　俺はそんなことを思いつつ、ブログの執筆に必要な国語辞典を取りに、本棚へと向かった。すると、本棚のすぐそばに座る花房の肩に、ホコリがついているのを見つける。

……いま考えれば、いきなり女の子の肩のホコリを取ろうとするとか、キモい行為以外のなにものでもなかったのに……その時の俺はどうしてか、なにまんさきのU－Ka（ゆうか）が肩にホコリなんかつけてんだよ、という思いが先行してしまい、花房の肩にあるそれを、彼女の肩には直接触れぬよう注意しつつ、そっと摘まみ上げようとした。

そしたら、次の瞬間――。

「――――っ！」

「なっ……ちょ、ちょっと驚きすぎだろ……」

俺が彼女の肩に手を伸ばすと同時、花房はびくうっ！　と大きく体を震わせたかと思ったら、はじかれるように椅子から立ち上がり、すぐさま後方へとジャンプした。そうして俺から距離を取ったのち、部室の窓に背を預けると、花房は驚いたような顔で言った。

「え……い、いま、あんた……憂花ちゃんにえ、エロいことしようとした……⁉」

「な、なんつう濡れ衣（ぬれぎぬ）を着せんだお前……！　し、してねえから！　肩についてたホコリを、みっともねえから取ってやろうとしただけだ！」

「なななんで勝手に、憂花ちゃんの肩のホコリを取ろうとしてんのよあんたは！」

「お前こそ、なんで肩のホコリを取られそうになっただけで、そんなに驚いてんだよ……

キュウリ見せられた時の猫かよ」

「あんたがいきなり憂花ちゃんの柔肌に触れようとしたからでしょ！　マジでありえない！　あんた、憂花ちゃんが誰かわかってんの？　――憂花ちゃんだよ？　あんたなんかが気安く触れようとしていい憂花ちゃんかどうかくらい、考えればわかるでしょ⁉」

「花房さんこそ、自分で憂花ちゃん憂花ちゃん言い過ぎて、肝心の言いたいことが俺に伝わりづらくなってるって気づいてる？」

「と、ともかく！　光助は今後一切、憂花ちゃんに触ろうとするの禁止！　破ったら、まんさきのデモ音源あげないからね！」

「まーたその契約を引き合いに出すのかお前は……そのうち、『消しゴムを貸してくんないとデモ音源あげない！』とか言い出すんじゃねえの？」

「返事は『はい』しか認めてないんだけど？」

「……はい」

めんどくさくなった俺はつい、適当に返事をする。将来イエスマンにだけはなりたくない俺なのに、思わず頷いてしまったぜ……こうして人は大人になっていくのか……。

でもどうして花房はいま、俺に肩を触られそうになった程度のことで、こんな大げさに反応したんだろうな？　ワイヤレスイヤホンを二人で使った時は、俺をからかう余裕があったくらいなのに……案外、他人から触れられるのに慣れてなかったりするんだろうか。

……いやまあ、普通に、キモオタに触られるのが嫌だっただけなんだろうけど。

という訳で、以上、今日より前に起きたエピソード二つでした。

これらのエピソードからわかる通り、花房はどこか以前と比べて、俺に対する態度がおかしいというか――うぬぼれたことを言わせてもらえれば、最近の彼女は何故か、俺を異性として意識し過ぎているようだった。

……いま自分で考えてて「俺キメエな……」って思ったけど、ともかく！　花房が俺を好きというのはあり得ないにしても、俺に対する彼女の様子がどこかおかしい、というのは確かな事実であり。なのでそれを受けて、いまの俺が思うことは――。

最近の花房はなんだか、彼女らしい性格の悪さが薄れていて、だからすげえやりづらいのだった。――いや、やりづらいのかよ。そこは嬉しいじゃねえのかよ。……もしかして俺って、花房のあの、ちょっと性格が悪いところもそんなに嫌いじゃないのでは？

そんなこんなで、時系列は現在。

俺と花房がいつものように、放課後。文芸部の部室でうだうだしていると、俺の斜め前の席に座っていた彼女が、こんなことを言い出した。

「ねえ光助。あんたさ、自分の嫌いなところを挙げてってくれない？」

「は？　いきなりなんだよ？　というか、自分の嫌いなところを挙げるようお願いするって、それ、どういうタイプのＳＭなん？」

「や……ＳＭとか、普通にキモいから。そういうこと言うのやめてくんない？」

「え、ごめん……」

「まあ、謝ってくれたら、別にいいけどさ……」

少しだけ頬を朱に染め、そっぽを向きながら花房はそう言った。……先日に引き続き、やっぱり様子がおかしかった。ちょっと前まで『チ〇コもぎ取る』とか言ってた彼女が何を今更、ＳＭってワードで恥じらうことがあるんだよ……。

俺はそう思ったけど、でも——男たるもの、エロい話題を女の子にふるべきじゃない、というのは俺も同意見だったので、そもそもの場所に話を戻した。

「というか、自分の嫌いなところを挙げてくれって……どういう理由で？」

「……別に、そこはどうでもいいじゃん。とにかく、理由なんかないけど、あんたは自分の嫌いなところを、憂花ちゃんに教えてくれればいいの」

「なるほど。理由を教える気はない、と……」

「だから違うって。――憂花ちゃんはただ単に、あんたから『自分の嫌いなところ』を聞いて、あんたのことをちょっと嫌いになりたいだけだもん。そこに理由なんかないの」

「は、はあ？　俺をちょっと嫌いになりたいって、なんだそれ……つか、理由もなく俺を嫌いになりたいと思ってる時点でもう、花房さんは俺のことが嫌いなのでは……？」

「ソンナコトナイヨ？」

「わかりやすく『否定できてない否定』をすんな」

俺のそんなツッコミに対し、どこか曖昧な笑みを浮かべて笑う花房。それから、彼女はまた少しだけ顔を逸らしてしまうと、どうにも言いづらそうに続けた。

「や、マジで憂花ちゃん、光助が嫌いとかじゃないんだけどさ……もうちょっとでいいから、あんたのことを嫌いになりたいなー、とか？　そんなことを思ってるんだよ」

「一体どういうきっかけがあったら、人を嫌いになりたいと思うようになるのか、謎なんだけど……とにかく俺は、自分の嫌いなところを言えばいいんだな？」

「そ。あんま深く考えないで、とりあえず言ってみてくんない？」

花房にそう言われ、俺は少し黙り込む。

正直、花房の狙いが意味不明だし、だからあまり気は進まないけど……それを望む花房の目がどこか、弱っているというか、縋るような色を湛えていることに気づいた俺は、ひとまず彼女の望むまま、話を続けた。

「正直、俺が思う『自分の嫌いなところ』って、あり過ぎてなあ……ちょっと長くなるかもだけど、それでもいいか？」

「うん、いいよ」

「それじゃあ、まず……顔面が残念」

「そんなことないでしょ。普通だよ、普通。イケメンじゃないけどね」

「キモオタ」

「オタクなだけでキモくないじゃん。憂花ちゃん、オタク好きだし」

「……性格が偽善的」

「変に善人過ぎるより、よっぽど人間らしいんじゃないの」

「…………拗らせファン」

「拗らせてようが、ファンはファンだよ。これからも憂花ちゃんの応援、よろしくね」

「…………中学に上がるまで、夜中のトイレに一人で行けなかった」

「あはは っ、それはダサいね。でも、いまは一人で行けるんでしょ？　一人で行けるようになってよかったじゃん」

「お前なんなのマジほんとなんなの」

俺は真っ赤になった顔を両手で覆いながらそう言った。

マジなんなんだよ、今日の花房……俺が思う『自分の嫌いなところ』を一個一個否定してくれるとか、こいつ、俺の為に作られたヒロインなん？　こんなん続けられたら、叶わぬピュアピュアな恋心を抱いちゃうからやめて……モテないオタク男子ほど、恋に落ちたらめっちゃピュアなの知らないのかよ……。

そんな俺の様子を見て、「？？？」と小首を傾げる花房。自分がしたこと（オタク男子のコンプレックスを一つ一つ丁寧に否定するという、天使過ぎる行為）に気づいていない様子の彼女は、不満げな顔になってこう言った。

「いやいや、お前なんなの、は憂花ちゃんの台詞なんだけど。その程度の、憂花ちゃんが簡単に否定できるような『自分の嫌いなところ』を並べて、それで憂花ちゃんが光助を嫌いになれるとでも思ってんの？　ふざけてんの？」

「あの……どうして俺がいま、こんなにも彼女に怒られてるのか、誰かわかる人いる？」

「もしかしてあんた、憂花ちゃんに嫌われたくないからって、自分が本当に嫌いだと思ってる部分は言ってないんじゃない？　だとしたら、憂花ちゃんもっと怒るしかないんだけど。——ねえ光助。私、本気だからね？　すっごい真剣に、あんたが自覚してる、夜宮光助の嫌な部分を知りたいのよ」

「そ、それは、何で……？」

「……最近ね、憂花ちゃん、左胸がちくちくするんだよ」

花房はそう言って、制服の左胸あたりを、左手でぎゅっと握り込んだ。

それから、握り込んだ手を放した彼女は、俺を一瞬だけ見たのち、すぐさま視線を逸らす。

「そのせいで、——対面の俺に、ほんのりと朱に染まった横顔を見せながら、花房は続けた。

「そのせいで、お仕事にも支障が出てる。私に期待をしてくれて、私が期待に応えたい人達に、迷惑をかけちゃってるの。——それが、嫌なのよ。この問題を一刻も早く解決したい。だからお願い、光助……憂花ちゃんに、自分の嫌いなところを、ちゃんと教えて」

「…………」

「もし嫌いなところがもうないなら、キモいと思うところでもいいから。——ほら、なんかない？　普段あんたが生活してて、こういうところが自分はキモいなあ、とか、そう思うことがあったりしない？　ねえ、教えてよ。憂花ちゃんを助けると思って！」

結局のところ、花房が口にした言葉は断片的で、だからどうして胸に痛みを覚えた彼女が、俺を嫌いになりたいのかはわからなかったけど、でも——そうして口にできるギリギリまで自身の感情を語ってくれた花房の、真剣な思いだけは伝わったから。

だから俺は、自分でもすごくキモいと思う事実を伝える覚悟を、決めるのだった。

「じゃあ、一個だけ……お前が確実に引くことを、言ってやるよ……」

「う、うん！　そういうのちょうだい！」

「聞いたあとで後悔しても、知らないからな……」

「後悔なんかしないから、早く言ってって！」

「……その言葉、後悔することになるぞ」

ダークヒーローみたいな台詞を吐く俺。……い、いやでもこれ、本当に言っていいのか？　俺がこれから彼女に告げる事実は、曲がりなりにも積み上げてきた俺と花房の関係を、一瞬で崩壊させかねないレベルの、爆弾発言なんだけど……ええい、ままよ！　引き下がれなくなった俺はそうして、真正面から彼女の目を見据えると——花房にならともかく、まんさきのＵ－Ｋａには絶対に言えない、すげーキモいことを言うのだった。

「じ、実は俺、二次元でしかシコったことない……」

「————」

ピキーン、という空気が凍る音が聞こえた。

……なんか最近の俺、こういうやらかし発言多くない？　俺がどこか冷静な頭でそう思っていると、顔を真っ赤にした花房が、目を大きく見開きながら「し、シコ……！」と呟いた。まんさきのＵ－Ｋａになに呟かせてんだ俺……。

そうして、部室に重苦しい沈黙が落ちる。……もしかしたらこれが、俺と花房が交わした最後の会話になるのかもな……だとしたら、俺の最後の発言がアレ過ぎて申し訳ねぇなあ……とか考えていたら、ふいに花房が、どん！　とテーブルを強く叩いた。

それから、彼女は未だ真っ赤に染まったままの顔を俺に向けると、心底悔しげな表情と共に、大声でこう怒鳴るのだった。

「めっっっっっちゃキモい！　さすがに、いまの光助の発言は超絶キモいし、それを憂花ちゃんに言える神経とか、マジでなんなのこいつ、もしかして脳が溶けてんじゃないの、って思うけど、なのに……だっていうのにどうして、こいつを嫌いになれないのよぉ！」

「あっぶねえええええ耐えたあああああ！」

花房の口から「もうあんたとは二度と口きかない」的な発言が出ると踏んでいた俺は、思わずそう叫んだ。

……いや、そんなに怖がってたなら、あの爆弾発言自体をやめとけよ、という話ではあるけどな！　だ、だって花房が、自分でもキモいと思うところを、俺に言って欲しいって言うから……でもだからって、ここまでちゃんとキモいことを言っちゃう俺、さすがにピュア過ぎない？

俺がそう自分にツッコんでいると、次いで花房は、帰り支度をさっさと済ませたのち、俺に向かって「じゃあ憂花ちゃん、もう帰るから。これ以上、キモい男と一緒にいたくないし。――またね」とだけ言い残し、部室をあとにするのだった。……あ、俺のこと、嫌いにはならなかったけど、キモいとは思ってる感じですね？　了解でーす。

俺がやらかし発言をした日から、また時間は経過して、数日後。

「やっほー、光助！」

俺が部室でパソコンをいじっていると、勢いよく部屋に入ってきた花房に、どん、と背中を叩かれた。……いきなりのボディタッチにドキドキしつつ、俺は「おお」と返事をする。すると、花房は俺の隣の席に座りながら、嬉しそうな顔で話し始めた。

「おとといと昨日は、ここに来れてなくてごめんね？　憂花ちゃんに会えなくて寂しかったでしょ？　……憂花ちゃんもさすがに、二次元でしかシコれない男と二人っきりの部室に行くのが、ちょっと怖くてね……」

「お、お前……俺の黒歴史をさらっと掘り起こすなよ……」

「いや黒歴史って。まだ三日前の話だし。直近のやらかしじゃん。鮮度しかないんだから、あの時のことを憂花ちゃんにイジられるのはしょうがなくない？　――あ、いまのイジるって、エロい意味じゃないからね？　あははっ」

「お前は下ネタに強いスナックのママかよ……というか、言っとくけどな花房さん……そのことをイジり続けるようなら、俺にも『家に帰ったら絶対にプリン食べる事件』で迎撃する用意があるからな……？」

「……やめよ光助。これ、あれだから。お互いに核兵器を持ってる国同士の諍いみたいになってるから。核廃棄しよ」

「だな。核、いくない」

俺達はそんな会話をしたのち、あははは、と乾いた声で笑い合う。……何というか、花房の様子がいつも通りというか、おかしくなるより前の状態に戻っている気がした。下ネタにも以前と同じ反応をしているし、俺を意識し過ぎている感じもない。

そんな彼女の態度につい安堵していると、花房はふと思い出したように、話し始めた。

「あ、そうだ。この間、憂花ちゃん言ってたじゃん？『最近、左胸がちくちくする』って。あれ、原因わかったよ」

「え……そ、そうなのか……？」

「うん。――肩こりだって」

「は？　か、肩こり……？」

花房の言葉を受け、頭上にハテナマークを浮かべる俺。一方、そんな俺とは対照的に、花房は肩の荷が下りたみたいに笑っていた。

「肩がこると、肋間神経の付け根のところが圧迫されて、胸がちくちく痛むことがあるんだって。昨日、ここ最近の悩みを谷町さんに相談したら――『それは肩こりだから、思い悩む必要はない』って言ってくれたんだよ。正直、憂花ちゃんは別の理由があるんじゃないかなって思ってたんだけど、よかったー。憂花ちゃん、ただの肩こりだったんじゃん」

「…………」

「まったく。この憂花ちゃんをこんなに悩ますとか、ムカつく肩こりだったなあ……そういう訳だから光助、憂花ちゃんの肩揉んでくれる？　もちろん、全力でね」

「……ああ、わかった……」

「え……な、なんで素直なのあんた？　憂花ちゃん、肩揉めって言ったんだよ？　そこはいつもの、『まんさきのU－Kaはそんなこと言わないんだよ！』的ツッコミが炸裂するところじゃないの？」

「まあ、今日くらいは揉んでやりたいと思ってな……」

「ちょ、いいから！　本当に揉もうとしないでいいから！　――てか、憂花ちゃんの肩に触りたいだけでしょ！　そういうとこ相変わらずキモいから！」

「いや、そういう訳じゃなかったんだけどな……」

俺は言いつつ、花房の肩を揉むために立ち上がった椅子に、改めて座り直す。……意外だ。彼女にはこういう、アホっぽい部分はあんまりないと思ってたのに。今回のこの顚末に関しては、花房がすげえアホに見えるな……。

――たぶん、花房の左胸が疼く原因は、肩こりなんかじゃない。

決してそういう身体的な理由じゃなくて、彼女は何らかの『左胸がちくちくする』ような感情を抱いてしまったから、その結果、そういう痛みを覚えたのだと思う。

だけど、そのせいで花房が、ボーカリストとしての仕事を上手くこなせなくなっていることに気づいた谷町さんが、そんな彼女に対して――「それは肩こりだよ」というかりそめの答えを与えた。それに、花房は飛びついたのだ。

「…………」

ただ、それが肩こりじゃないのはわかるけど、それでも……俺は、彼女が抱えている『肩こりではない感情』を一体何と呼ぶべきなのか、そこまではわからなかった。

……それは、より正確にはたぶん、わかろうとしなかった、というのが正しいかもしれない。もしその安易な可能性を認めた時に、俺が――花房憂花に対して、もう随分と好意的になってしまっている俺が、どういう思いを抱いてしまうのか。それを知るのが怖かったから、俺は花房の感情と向き合うことをしなかったのだった——。

俺みたいな拗らせオタクにとって、推しっていうのはどこまでも、尊い存在であって欲しいから。

それを、俺自身が抱く邪な感情で汚してしまうことが、怖かった。

「肩こり、早く治るといいな」

「ほんとだよ。……まあ、憂花ちゃんをこんなに悩ませた肩こりなんて、今回が初めてだから……どうせ、長い付き合いになるとは思うけどね」

そう語る花房の表情は、何故かとても幸せそうで、太陽みたいに眩しくて。

だから俺はそんな彼女を、直視することができないのだった。

第十三話　推しにジュースを捨てられた。

「ふひ。ふひひ。ふひひひ……」

とある日の放課後。俺はそう、キモい笑い声を出しながら、部室で漫画を読んでいた。

それは、中二病を患った男の子と、彼が恋するモデルの女の子のお話で――「ぶひ、ぶひひひひ……」そんな気持ち悪い笑い声が止まらなくなるくらい、尊いラブコメだった。

はあ……どうして面白い漫画を読んでるとこう、脳内でエンドルフィンが大量に分泌されるんだろうな。もしかしなくてもオタクって、この世で一番幸せな生き物なのでは？

思いながら俺がぶひぶひ言っていると、ふいに……誰かの呟きが耳に飛び込んできた。

「……えっと、気持ちよさそーに一人の世界に浸ってるところ悪いんだけど、憂花ちゃんも入っていい？」

「ぶひっ⁉」

声のした方を見やれば、部室の扉を開けた花房が、どこか気まずそうな顔をして立っていた。なので俺は慌てて漫画をしまい、「あ、ああ。どうぞ」と告げる。

するとは花房はいつも通り、俺の隣の席に腰を下ろしながら言った。

「つか、憂花ちゃん知らなかったんだけど……オタクって、本当にぶひぶひ言いながら本読むんだ？」

「さっきのことは忘れろくださいお願いします……」

「ふふっ。あんたがニヤニヤしながら楽しそーに漫画読んでるの、超キモかった！」

「なんでそんな酷いことを、そんな楽しそうな顔で言うのお前……言うなよ……俺もキモかったって自覚してんだから、事実を改めて口に出すなよ……」

「でも、あんな風に周りが見えなくなるくらい熱中できる趣味があんのはいいことじゃん。……ん？　てことは、光助ってまんさきの曲を聴いてる時も、あんな風になるの？」

「……そんなことはない、と言ったら嘘になるな」

「あはは、そっか。――キモくなってくれて、ありがとね」

「どういう趣旨の発言だよそれ」

俺のそんなツッコミを受け、何故か機嫌よさげに笑う花房。彼女はそれから、パソコンの横にある俺の『ドクターペッパー』の缶を見やると、ふと思い出した様に言った。

「あ。そういや憂花ちゃん、いま喉渇いてたんだった。……それ、もらっていい？」

「は⁉　お、お前、それは、だって――⁉」

「ふふっ。いい感じにオタク丸出しの、憂花ちゃん好みの反応してくれるじゃん。そういうとこかわいー♡」

「……お、お前、わかっててやってんだろ……？」

「逆に、わかってないでやってると思う？」

「マジで花房さんは、性格がちゃんと終わってんだよなあ……」

俺は嘆息と共にそう呟(つぶや)く。いつか花房が閻魔(えんま)様と対面した時に、「男子高校生をからかい過ぎた罪で地獄行き！」って言われるのが楽しみだった。その日が来るまで俺、先に地獄で待ってるわ。――いや俺も地獄にいんのかよ。何の罪でそうなったんだ……え、推しにキモい性癖を暴露した罪ですか？　ああ、それじゃあ仕方ねえな……。

俺がそんなことを考えていると、花房は缶ジュースを見つめたまま、話を続けた。

「いやまあ、さすがに憂花ちゃんも、光助と間接キスとかあり得ないけどね。なんかばっちいし」

「お前は本当に、俺を罵倒するための言葉選びが天才的過ぎない？」

ばっちいって。イマドキ女子高生が使いそうもない言葉を使うなよ。俺がそう思っていると、花房はふいに、にやにやとした笑みを浮かべながら、言葉を重ねた。

「まあ？　光助がどうしてもって言うなら？　あんたが口をつけた缶ジュースだって、すっげえ我慢すれば、憂花ちゃん、飲んであげられなくもないけど？」

「な——そ、それは……！」

「いくらまでなら払える？」

「か、金かい！　金取るんかい！」

「ふふっ。これって、新しいビジネスモデルになりそうだよね。あなたの推しが、あなたの飲んだ缶ジュースに、大金さえ払えば口をつけてくれます！　っていう」

「……おい花房。ふざけたことをぬかすんじゃあねえぜ？　——お前がそんなくだらねえ商売を始めたら、俺、割と本気で怒るからな？」

「や、なんか勘違いしてるっぽいけど、いまのは憂花ちゃんがやるやらないの話じゃないから。憂花ちゃんじゃなくて、売れない地下アイドルの子達とかは、やればいいのになって話だから」

「それはそれで最低の提案をしてるからなお前」

「だいたい、憂花ちゃんはまんさきのU-Ka(ゆうか)だよ？　歌声一つでみんなを魅了する憂花ちゃんを、そこら辺の売れないアイドルと一緒にしないでよ。失礼だなあ」

「失礼なのはどう考えてもお前だろ」

俺のそんなツッコミに、花房は「あははっ」と楽しそうに笑う。反省の色がまったく見られなかった。地下アイドルの皆さんに謝りやがれ。——そんなことを思いつつ、俺は一つ大きく背伸びをする。そしたら、ふいに尿意を催したので、花房に対して尋ねた。

「ちょっと俺、トイレ行ってくるけど……ついでに飲み物も買ってきてやろうか？」

「は？　何その言い方。ふざけてんの？　そこは──『憂花様、下賤の者であるわたくしめに、飲み物を買わせて下さいませんか？』でしょ？　ほら、言い直して」

「憂花様、下賤の者であるわたくしめに──いやなんで飲み物を買ってくる俺が下手に出なきゃいけないんだよ」

「ふふっ。つか、憂花ちゃんが喉渇いたって言ったから、憂花ちゃんのために買ってきてくれるんだ？」

「いや、普通にトイレのついでなんだけど……」

「はいはい、照れ隠しとかいいから。そういうとこは可愛くないよ？」

「マジでトイレのついでなのに、なんで俺が照れ隠ししてるみたいになってんだよ……」

俺はそう言いながら席を立ち、部室の扉へと向かう。すると、そんな俺に向かって勢いよく、花房が何かを投げてきた。──彼女が放ったそれを、片手でキャッチする。それから、握り込んだその手を開いてみると、そこにあったのは五百円玉だった。

「そのお金で……ええと、その……『飲めるプリン』、買ってきて」

「……お前、本当にプリン好きだな。つかあれ、飲み物じゃないんだけどいいのか？　俺が喉からっからの状態で砂漠を渡ってる時に、突如現れた神様が『お前に飲み物を授けよう』って言ってあれを出してきたら、『「飲めるプリン」じゃねえか！』って怒鳴りながら、その缶を神様の顔面に投げつける程度には飲み物じゃないんだけど、いいのか？」

「どういう例え話よそれ……つか憂花ちゃん、別にそういう状況でも、全然飲めるし」

「………」

「引いてんじゃねえよ」

花房はわざわざ椅子から立ち上がり、こちらに歩み寄ってきたのち、俺の肩を軽くパンチしながらそう言った。……だ、だから、そういう気安い身体的接触はやめてくんねえかな……俺が内心でそう抗議していると、花房は乱暴な口調で続けた。

「ともかく！　あんたは憂花ちゃんが飲みたいものを黙って買ってくればいいの。いちいち口答えすんなし。そんなんじゃ、憂花ちゃんのジャーマネなんか務まらないよ？」

「なんか将来的に、俺がこいつのマネージャーを務めることになってる……」

「朝は起きれないからモーニングコールして。高校の宿題は適当にやっといて。レコーディングに入る時は、高級お菓子を差し入れといて。何より、憂花ちゃんの電話には三秒以内に出てね。真夜中に電話した時もそうだから。もし出れなかったらクビね」

「うわあ、マネージャーにきついタイプのアーティストだ……あと、さっきはあえてスルーしたけど、マネージャーを『ジャーマネ』って言う奴嫌いだわあ……」

「ツッコミがうっさいなあ……つか、いつまでここにいんの？　さっさと行けし」

花房はそう言って、しっしっ、と俺を追い払うジェスチャーをする。なので俺は部室を出ると、階下にある男子トイレに向かった——。

そうして、用を足すこと一分弱。

手をしっかり洗ったのち、俺はもう一つ下の階に置かれている自販機へと足を向ける。

そこで、花房用の『飲めるプリン』を一個、そして自分用にも一個、こっちはもちろん自分のお金で購入すると、俺は部室へと引き返した。

「でも確かにこれ、すげえ飲みたくなる瞬間がたまにあるんだよな……」

そう呟きつつ、俺は二本の『飲めるプリン』を持って、部室の前に辿り着く。それから何の気なしに、がらら、と扉を横滑りさせると。

「——————！」

何故か俺が普段使いしているパソコンの前に突っ立っていた花房が、慌ててそこから移動し、俺の定位置から斜め前の席に腰を下ろすのが目に入った。

「………………」

なんであいついま、俺がいつも座ってる席のそばに立ってたんだ？

そう疑問に思いつつも、俺は『飲めるプリン』を一つ、「はい、これ」と言いながら彼女の前のテーブルに置いた。加えて、それを買った際に出たおつりもそのそばに置くと、花房はあっけらかんとした表情で言った。

「別にこんなはした金、憂花ちゃんはいらないのに」

「そういうリアクションを取られることはわかってたけど、だからってこれを自分のものとするのは、俺のプライドが許さなかったんだよ……」

「だって三百いくらなんて、憂花ちゃんなら秒で稼げるんだよ？　だからそのおつりは、あんたみたいな、これから汗水垂らして必死に働いたとしても、その生涯年収が憂花ちゃんの年収にすら及ばないやつが貰うべきだと思うけど」

「女子高生のくせに生涯年収とか言うな。まだそんな言葉とは無縁であれよ」

「この間、まんさきのライブを一回生配信しただけで、憂花ちゃんがスパチャでどんだけ稼いだか、教えてあげよっか？　……ふふっ、ちょっとすごいよ？」

「やめろ。そのライブにスパチャしたファンの俺に対して、そんな生々しい金の話をすんな。……うるせえ。お前がどんだけ金持ちだろうと、俺はお前から施しはうけねえ。それが、俺なりのプライドなんだよ」

「その文字通りやっすいプライドがいつまでもつのか、楽しませてもらうね？」

「どうして人ってやつはこうも、お金を持つと歪んでしまうのか！」

もしかして、花房の性格がここまで歪んでしまったのは、お金のせいなのでは……俺がそう考えていると、花房は心底楽しげに笑いつつ、「買ってきてくれて、ありがとね」と囁いた。……性悪なのかそうじゃないのか、もっとはっきりして欲しかった。

それから、いつもの席に腰を下ろした俺は、花房が勝手にパソコンをいじっていないか確認するため、マウスを動かす——スクリーンセーバーも起動していたし、どうやら異常はなさそうだった。でもじゃあ、なんでさっき花房はこの辺に立ってたんだろうな……俺はそう首を傾げつつ、ドクターペッパーの缶を手に取る。

その中身は何故か、さっきよりも少しだけ、軽くなっている気がした。

「………？」

あれ？　俺トイレ行く前に、こんなに飲んだっけ？

俺はそんなことを考えながら、何の気なしに花房を見やる。すると、そこには——。

「ひゅー。ふすー。ひゅー」

口笛を吹こうとして、でも吹けずに口から空気を漏れ出させているだけの、彼女の姿があった。……いや、お前それ何してんの？　一体どういう感情？

花房の奇行を訝しみつつ、俺はドクペを一口、あおろうとする――と、次の瞬間。

「ああああああああっ⁉」

「うわああっ！　――きゅ、急になんだよ⁉」

俺がドクペに口を近づけると同時、花房が椅子から立ち上がり、大声を出した。それに驚いた俺がドクペを飲むのをやめると、何故か頬を赤らめた彼女は、慌てて首を振った。

「あ、いや……べ、別に、なんでもないけど……？」

「何でもないなら、急に大声で怒鳴んなよ……心臓バックバクしちゃうだろ……」

「ご、ごめん……」

彼女にしては珍しく、しおらしい態度でそう謝ったのち、花房は椅子に座り直した。まったく、なんだってんだよ……俺がそう思いつつ、再びドクペを飲もうとしたら――。

「ちょっまああああああ！」

「おわああっ⁉　――だ、だからお前、さっきから何なんだよ⁉」

「そ、そこまで、想定してなかったから！」

「は……？」

再び立ち上がった花房は顔を真っ赤にしながら、右手で俺を制止するようなポーズを取りつつ、そう言った。俺がそれに首を傾げていると、彼女はつかつかと俺のそばまで歩み寄ってきて——俺の手にあるドクペを、俺の手ごと摑んできた⁉

「なあああああ⁉」

こ、こいつ、何してんだよ急に⁉

こんなことされたら、ファンだろうが陰キャだろうが、むしろただの陽キャだろうが、お前のことを好きになっちゃうだろうが！

「は、花房、何して……放せ……！」

「確かに、憂花ちゃんのしたことが軽率だったのかもしんないよ？　で、でも……そこまで考えてなかったから！　ただ、憂花ちゃんがちょっと、その……光助と間接キ——アレしたかっただけで！　あんたが憂花ちゃんのアレを、その……アレするのとか、恥ずかし過ぎてやばいから！　そういう訳であんたは、これを飲んじゃ駄目なの！」

「ど、どういう訳⁉　内容が抽象的過ぎて、なんで俺がドクペを飲んじゃいけないって結論に至ったのか、全然わかんねえんだけど⁉」

「いいからあんたは、さっさとこの缶ジュースを放しなさい！」

「いや、そうしたいのは山々だけど——お前が俺の手を上から握っちゃってたら、放せるわけねえだろうが！」

「あ……ちょ……何してんのこれ……やばっ」

花房はそう言いながら、慌てて缶ジュースごと握っていた俺の手を放す。それから、真っ赤になった顔を両手で覆い、「あああああ……！」と謎の咆哮をした。最近のお前、そうやって咆哮すんの好きね……。

次いで彼女は、指の隙間から、ちらり、と俺の様子を盗み見たのち、顔を覆っていた両手を外すと——俺の持っているドクペを指さしつつ、強い口調で言った。

「いいから。あんたは。その飲み物を。そこに置きなさい」

「よ、よくわからんけど……これでいいのか？」

「はい、よくできました。——じゃあ、これは没収ね」

「は⁉ なんで⁉ 俺のドクペはなぜ没収⁉」

「そ、それは、その……憂花ちゃんの性格が悪いからよ！」

「いやそれはもう性格が悪いっていうか、ただのガキ大将なのでは？」

俺のそんなツッコミを意に介した風もなく、未だ頬に赤らみを残した花房は、俺がテーブルに置いたドクペを手に取った。それから彼女はすぐさま窓辺へと移動し、留め金を外して窓を開ける。ドクペを持った右手を窓の外に出すと、花房はこう言った。

「だ、だから、これもそうだからね？ 憂花ちゃんは性格が悪いから、光助が飲みかけにしてたジュースを、窓の外に捨てちゃうの。――そこに、純粋な悪意以外の意味なんか、これっぽっちもないからね？」

「なんなんその、子供じみた嫌がらせは……あのさあ、花房さん。これから俺、すげえ普通のことを言わせてもらうけど――他人のジュースを勝手に捨てんなよ」

「……ごめんね、光助。あとで新しいジュース奢ってあげるから」

「いや、何で新しいのを奢ってくれる優しさがあるなら、俺のドクペを捨てるのを我慢できないんだよ……あれなの？　ＤＶ男が暴力を振るったあとに、すげえ優しくなる的な行為なのこれ？　意地悪したあとじゃないと優しくできないの？」

「う、うん、そう！」

「俺が言った冗談を力強く肯定してんじゃねえよ」

俺のそんなツッコミに花房は何故か苦笑しつつ、「じゃあ、捨てるね」と言った。そうして、彼女は本当に、手に持っているドクペの飲み口を下に向けると、残っていた中身を零し始める。ああ、まだ三分の一くらいはあったのに、もったいねえ……。

俺がそう思っていたら、突然――「なっ、やっ……こらあああ！　いま先生の頭に、水か何かをかけたのは誰ですか！」という声が、どこからともなく聞こえてきた。

「「…………」」

つい花房と顔を見合わせる。ちなみに、花房はドクペの中身を既に捨てきっており、窓の外に出していた右手も部屋の中に戻していた。

「ここにいる私の頭にかかったということは、位置関係から見て――二年B組にいる生徒、もしくは文芸部室にいる子ね……いまから行くから待ってなさい！」

遠くから聞こえてくる、女教師の怒鳴り声。お、おいおい、どうすんだよこれ……俺がそう思いながら花房を見やると、彼女はどこか機械のようなぎこちない動きで、窓のある方へと向き直り――自分がジュースをぶっかけた先生に向かって、こう叫んだ。

「ひ、柊先生！　いま柊先生に酷いことをした犯人は、一年D組の夜宮光助くんです！　出席番号は三十二番！　星座はうお座！　血液型はO型！　趣味は漫画やライトノベルで、まんさきの大ファンである夜宮くんがいま、先生の頭にジュースをかけました！」

「お、お前……おまえええええ！」

「じゃ、じゃあ光助、そういうことだから……ゆ、憂花ちゃんは先に帰るね！　大丈夫！　柊先生はそんなに怖い先生じゃないから！　たぶん！　よく知らないけど！」

「よく知らないけどっておい！　――つか、マジでふざけんなよ花房ぁ！　お前、今日はやりたい放題が過ぎるだろ！　せめて、ここはちゃんとお前が怒られろよ！」

「だ、だって憂花ちゃん、学校でのイメージとかあるし！　品行方正な花房さん、っていうみんなのイメージを壊さないために、お願い！　全部憂花ちゃんがやったことだけど、その泥を光助が被って！　今度、またサインとかあげるから！」

「お、お前……それは、嘘じゃないだろうな……？」

「……憂花ちゃんのファンがちょろすぎて逆に心配」

花房はそう言ったのち、そそくさと帰り支度を始める。『飲めるプリン』の缶を学生カバンに入れたり、お釣りをサイフにしまったりしたのち、何故かドクペの空き缶も学生カバンに仕舞った彼女は、それから、申し訳なさげな表情を俺に向けつつ、こう言った。

「な、なんというか、その……色々とごめんね？」

「どうしてそうやって謝れはするのに、あんな酷いことができんだよお前は……」

「だって憂花ちゃん、思いついたら、ああいうことする子だから……」

「人間味がエグ過ぎるだろお前……善人でもなければ悪人でもない、等身大の人間過ぎるだろ……お前は夏目漱石の小説に出てくるキャラクターかよ……」

「じゃあ、またね光助！　憂花ちゃんの代わりに、ちゃんと怒られてね！」

　そう言って部室を後にしようとする花房。しかし、次の瞬間——がらら、と。花房が触ろうとした扉が勝手に横滑りに開くと、そこにメガネをかけた女教師が立ってた。

　ちなみに、その女教師の綺麗な黒髪は、謎の液体でびしょびしょに濡れていた。

「花房さん。いまの発言――『憂花ちゃんの代わりに、ちゃんと怒られてね』とは、どういうことですか？」

「あ、いや……柊先生……」

「ひとまず、そこに座ってもらえますか。――もちろん、夜宮くんもです。まったく……あなた達は高校生にもなって、何をしてるんですか？」

「「……ごめんなさい」」

この世に、悪の栄えた例しなし。

結局、俺に罪を擦り付けようとしていた花房は、そのことまでまるっと柊先生にバレたうえで、彼女からしっかりとお説教を食らうのだった。

まあ、それは自業自得だし、当然なんだけどさ……何でそのついでに、俺までお説教食らわなきゃいけないわけ？　柊先生曰く、「傍観していたあなたも同罪だから」って理由らしいけど、俺は必死に止めたんだってば……自分が悪くないのにされるお説教ほどしんどいものはないなって、一つ勉強する俺なのでした。とほほ。

いや、とほほで済むかよ。

第十四話　推しの愚痴を聞いた。

昼休みの時間。

昼食をさっさと食べ終えた俺は一人、自席で小説を読んでいた。

そしたら、ふいに聞き馴染みのある声がしたので、何と無しに本から視線を上げると、花房が仲の良い女友達二人と、一軍女子グループを形成して昼食を取っていた。……ついそっちを見ていたら、花房は正面に座る女の子を睨みながら、不満げな声音で言った。

「てかさ、ほっしー……いつもサラダしか食べない私の前で、よく唐揚げ丼なんか食べれるよね。ちょっとした意地悪じゃないそれ？」

「別にそんなつもりはないわよ？　私はただ、私が食べたいように食べているだけだもの。そういう訳だから――あーおいしい。カロリーを気にせずに食べる唐揚げ丼は本当に美味しいわね。サラダとかいう草の盛り合わせよりよっぽど美味しいんじゃないかしら？」

「こ、こいつぅ……！　あとでデブって後悔しろぉ……！」

「つか、憂花が食べな過ぎなんじゃね？　――はいこれ、うちのママが作った激甘玉子焼き。一個あげるから、こんくらい食べときなって」

「うわ！　ありがと、姫ちゃん！　やっぱ持つべきものは友達だよね！」

「だべ？　今度からあたしのこと、姫様って呼んでもいいかんね？」

「よ、呼ばれて嬉しいそれ？」

「……ちなみに、私はあげないわよ？」

「言われなくても、ほっしーには何も期待してません」

「言うわねこの女」

そんな会話を交わしたのち、あはは、と楽しそうに笑う花房。どうやら気心の知れた友人達の前では花房も、いつもの仮面をつけてはいないようだった。

というか俺、また花房のことを目で追っちゃってるわ……彼女から以前、教室では私を見るのもやめて、的な注意を受けたから、気をつけないといけないんだけど。

……いやつうか、私を見るの禁止、って結構酷くない？　心が弱い奴なら不登校になるレベルの、悪辣な要求なんだけど……ま、まあ、別に？　俺は心が強いので、ぜぜぜ全然平気ですけどどどど。

実際、クラスでぼっちをやってる俺なので、他人より心が強いのはそうだと思う。友達を作らずに学校生活を送るのって、割と大変だからな……頑張れ、全国のぼっちたちよ。俺も頑張るから。高校卒業したらぼっち同士で集まって、高校生活お疲れ様会やろうぜ。

いやまあ、集まったところでみんなぼっちだから、友達にはなれねえんだけどさ……。

そんなことを一人思案したのち、俺は手元の本に視線を落とす。そうして、静かに小説を読み進めていたら、どこからかこんな声が聞こえてきた。

「ねえ、光す──」

名前を呼ばれた気がして、本から顔を上げる。

すると、そこには──スマホを片手に、俺に話しかけようとした状態で何故か停止している、花房の姿があった。

「…………？？？」

は？　こいつ、何してんの？　ここは人目のある教室だから、お前みたいな人気者が、俺みたいな陰キャに話しかけちゃいけないんだけど？

俺がそう、訝し気な視線を彼女に送ると、花房はぎぎぎ、と錆びついたロボットのような動きで踵を返し、そのまま友人達がいる輪の中に戻っていった。すると、花房を驚きの表情で見つめながら、ほっしーこと星縫がこう言った。

「……憂花？　あなたいま、夜宮くんに話しかけに行ったみたいに見えたけれど……というか、夜宮くんのことを下の名前で呼ぼうとしていなかった？」

「え？　いや、全然？　別に話しかけに行ってなんかないし、ましてや下の名前で呼ぼうとなんてまったくしてないよ？」

「そういえば憂花ってこの間、根暗が何の部活に入ってるか、クラスのみんなに聞きまわってなかったっけ？　……え？　お前、もしかしてあいつのこと好きなんじゃね？」

「ちょっと姫ちゃん。本当にやめて」

「あははっ、だよねー。さすがにないよなー。根暗だもんなー」

張り倒すぞこのビッチ。

まあ俺も、花房が俺のことを好きっていうのはないと思うけど——誰が根暗じゃ！

別に俺は、友達がいなくて陰キャで拗らせオタクなだけで、全然根暗なんかじゃねえんだよ！　……いやそれ、誰がどう見ても根暗なのでは？　陽キャを羨ましいと思ったことはないけど、陰キャな自分に嫌気がさすことはたまにあるどうも俺です。

思いつつ、俺はまた何の気なしに、花房を目で追いかけてしまう。そしたら、タイミングが悪いことに、ちら、と。こちらを見てきた彼女と視線がぶつかった。

「…………」

それに気づいた花房はすぐさま俺から目を逸らし、友人達とのガールズトークに戻っていく。表向き、俺に向けられた視線を気にしてはいない様子だったけど、しかし……友人と楽しげにお喋りを続ける花房は何故か、少しだけ浮かない顔をしているのだった。

◆◆◆

放課後。いつものように部室でブログを書いていたら、そこに彼女が入ってきた。

「っす」

「おお。……挨拶の言葉が短すぎない？」

部室に入ってくるなり、謎の呼吸音だけで挨拶してきた花房に、俺はそうツッコむ。しかし、俺のそんなツッコミを無視して、花房はいつもの席——俺の隣に腰を下ろすと、

「はあああー」とわざとらしいため息を吐きつつ、テーブルに突っ伏した。

「……どうした？」

「いや、別に……」

前にもあった、何かあった奴の「別に」だった。誤魔化すの下手か。

まあ彼女の場合、誤魔化す気があまりない、というのが正確かもしれないけど。

ともかく俺は、どこか落ち込んだ様子の花房に対して——「何でそんなに落ち込んでるんだ？」とか余計なことは聞かずに、ただ自分が気になっていたことを尋ねた。

「そういえば、今日の昼休み……なんか、俺に用事でもあったのか？」

「そのことよ！」

俺の問いかけに、花房は、がばっ、と起き上がってそう答える。どうやら図らずも正解に近い質問をしたらしい。彼女は腕を組み、わかりやすく苛立った様子で話し始めた。

「憂花ちゃん、光助と教室では話さないって決めてたのに、それをつい忘れて、あんたに話しかけに行っちゃうしさ……そのせいで姫ちゃん達に、あんたとの関係がバレそうになったから、なんか憂花ちゃんらしくないミスしちゃったなあって、反省してたのよ……」

「ああ、それで落ち込んでたのか……」

「マジでしくったなあ……やっぱ最近、憂花ちゃんちょっと気を抜き過ぎてるかも。ちゃんと、光助は本来なら、スクールカースト最上位の憂花ちゃんとお喋りをする権利なんかない陰キャで、だから憂花ちゃんがそんな路傍の石ころを、みんながいる前で気にかけちゃいけないって、思い出さないとね……」

「お前さあ、もうちょっとくらい俺に対して気遣いとかできないわけ？　というかお前、俺に対してはもう、気遣いなんかしなくていいってなっちゃってるだろ」

「うん」

「なんて気持ちのいい『うん』なんだ……責める気にすらならねえよ」

俺のそんなツッコミに、ふふっ、と小さく笑う花房。……それは何というか、俺が花房の本性を初めて知ったあの頃には想像もできなかった、柔らかな印象の笑顔だった。

「でもほんと、光助がもうちょっとだけ、スクールカーストが高かったらなあ……いまの光助じゃ、憂花ちゃんがあんたに話しかけると、周りが『憂花ちゃんどうした⁉』ってなっちゃうからね……あんた、もうちょっとでいいから陽キャになって、クラスのみんなに認知されてくんない？　それで、憂花ちゃんと教室でも話せるようになってよ」

「陰キャになんて無茶言うんだこいつ……陽キャになってクラスメイトに認知されるとか、陰キャが一番不得手としてることだぞそれ」

「ふふっ。まあ、夜宮光助って男の子をクラスのみんなにも知って欲しいとか、そういう願望はぜんっぜんないんだけどね。――だって光助のことは、憂花ちゃんだけが知ってれば、それでいいんだもん。むしろ、他のみんなにはあんまりバレたくないかな」

「……お、お前が、その……俺の何を知ってるんだよ……」

「……や、他意とかなかったから。他意なんか全然ないのに、そんな風に顔を真っ赤にしないでくんない？　そうやって意識されると、こっちもやりづらいんだけど……」

花房はそう言って、赤みがかった顔を逸らした。一方の俺も、そんな彼女を見ていられなくて、自覚できるくらい熱くなってしまった顔を俯ける――な、なにこの雰囲気。ラブコメの神様が「呼んだ？」って出てきそうで、すげえやなんですけど！

そう思った俺はだから、この空気を変えるため、話をもとあった場所に戻した。

「つ、つか……結局、お前が昼休みに俺と話したかったことって、なんだったんだよ?」

「……それなんだけどさ。これ見てよ」

花房はそう言いつつ、学生カバンからスマホを取り出し、画面を俺に見せてくる。すると、そこには──【まんさきのボーカルU－Ka（ゆうか）は、若くて美人だから選ばれただけの広告塔に過ぎない】というブログ記事が表示されていた。……ああ、これか……。

「酷（ひど）くない⁉ しかもこれ、内容読んでみたら、ほとんどが憂花ちゃんに対する批判だし！ これをお昼休みの時間に見つけて、本気でムカついてさ！ 憂花ちゃん、あまりにもムカついたから、あんたに報告しようと思ったんだよ！」

「そんなにカッカすんなよ。こういうの、ネットではよくあることだぞ」

「いやそうだけど！ そうだけどさあ！」

むしろ、こういう記事が作られるというのは、まんさきがどれだけ大きなムーブメントになりつつあるのか、という一つの目安ですらあった。……どんなに素敵なコンテンツにも、否定的な感情を持つ人間は出てくるものだ。それは、人気が出れば出るほど顕著で、だからこういう意見にいちいち目くじらを立ててもしょうがないのである。

しかし、俺がそういう大人な態度でなだめても、花房は納得できないらしい。彼女はスマホの画面をコメント欄までスクロールすると、なおも憤慨した様子で言葉を重ねた。

「だってほら、見てよこのコメント欄！　みんな、この記事に超怒ってくれてるんだよ⁉　この『ラーメンG太郎一人で食べに行けるマン』さんなんか、めっちゃ長文でいかにまんさきのU－Kaが凄いかって書いてくれてるし！　こういう意見があるってことは、この記事が間違ってるってことで──ん？　光助？　なんか顔が赤いけど、どうしたの？」

「……い、いや、別に。なんでもないぞ……」

「そう？　じゃあいいんだけど……」

ごめん。前言撤回。

間違った意見にははっきりと、間違ってる！　って言ってやるべきだと思う。そういう訳だから、俺もその、ラーメンG太郎一人で（以下略）さんと、概ね同意見だった。

……つかなんだよ、『ラーメンG太郎一人で食べに行けるマン』っていうクソみたいなハンドルネームは！　いやほんと……自分が考えたハンドルネームを改めて他人の口から聞かされると、恥ずかしさで死にそうになるな……！

俺がそんなことを思っていると、花房はなおも憤懣やるかたない様子で、話を続けた。

「というか、光助はどう思うわけ？　あんたの大好きなU－Kaちゃんが、こんなに言われてるんだよ？　もっと怒ったらどうなの？」

「いや、俺に関しては、既に怒り終わってるというか……」

「は？　怒り終わってるって、何が？」

「ああいや、何でもない。――確かに、ふざけてやがんなこいつ。まんさきのU－Kaは顔なんかで選ばれてない本物だって、誰が聴いたってわかるのにな。炎上商法でPVを稼ごうとしてるこんなくだらねえブログ、運営側でさっさと閉めて欲しいぜ」

俺はそう言いながら、そういや俺のブログもプチ炎上はいつもしてるなあ……とかいらんことを考えた。人って、何かしらの発言をする時、自分を棚に上げすぎでは？

「だよねだよね！　ほんと、ムカつくわあ……憂花ちゃんはこんなに頑張って、結果を出してるのに！　その結果を見ないで、憂花ちゃんの可愛さだけを――上辺だけを見て、こういうこと言うやつほんとぶっ殺したい」

「ああ、わかる。気持ちはわかるぞ花房さん。ただ、言葉遣いには気をつけような？」

「たまにさ、YouTubeのコメ欄とかでも、いるんだよ……『おっぱいにしか目がいかない』とか、『顔エモ過ぎない？』みたいなくっだらねーコメントしてる男が。違うだろっつうの！　憂花ちゃんの歌声を褒めろよ！　確かに憂花ちゃんは超可愛いし、プロポーションもやばいけど、いまは歌を聴けよボケナスが！　その使い道のないチ○コもぎ取ってやろうか!?　ああん!?　――でも、応援してくれること自体は嬉しいよ、ありがと♡」

「いや、無理だから。さすがにいま色々と言い過ぎたと思ったから、最後にしおらしいこと言って取り返そうとしたっぽいけど、もう手遅れだから」

「憂花ちゃん、歌だけ聞いてもらうには、ちょっと容姿が整い過ぎてるんだよね……はあ、可愛すぎてつらい……」

「クラスの女子が聞いてたらぶん殴られそうな発言すんなよ……」

　俺のそんなツッコミに、それまでずっとイライラしていた花房は「あははっ！」と快活に笑った。それから、どこか朗らかな表情で、俺を見つめてくる。……それに耐えきれなかった俺が視線を逸らすと、彼女はまた小さく笑ったのち、穏やかな声音で言った。

「でもなんか、光助に愚痴ったら、ちょっとスッキリしたかも。最初、あんたに憂花ちゃんの本性を見られた時は、どうしようかと思ったけど……こういうことを言える相手がいるのって、悪くないかもね」

「そ、そっか……」

「ふふっ。うん、そう。憂花ちゃんはいままで、どんなことだって一人で抱え込んできたけど、でも——……え？　いや、つか……いま私、なんて……？」

「？？？　花房さん？」

「——」

　突然、花房は自身の口を片手で覆って、愕然（がくぜん）とした表情を浮かべた。そのまま、揺れる瞳で俺のことをじっと見つめる。

その瞳は何故か、少しずつ潤み始めていた。

それから花房は、口を覆っていた手をゆっくりと下ろし、視線を床に落とすと、寂しげに笑った。喜びでは絶対にない感情を抱えながら、それでも笑う彼女から、目を逸らせずにいたら——ぽつり、と。花房は儚げな表情と共に、一言だけ呟いた。

「ああ、そっか。私、もう寄りかかってたんだ」

その泣いているような声に、俺の心がざわついた。

だから、それがどういう意味の発言なのか、すぐさま考えようとしたけど——でも、そうして考え始めてからすぐに、俺ではその答えに至れないことに気づいてしまった。

だって俺は、自分が花房にどう思われているのか、それをまずわかっていないから。ちゃんと、わかろうとしなかったから。

そんな俺が花房の言葉の意味を知ろうなんて、そんなの……母国語ではない言語で用意されたクロスワードパズルを解くようなものだ。前提となる言語を理解していないのに、無理やり問題を解こうとするだなんて、そんなのは無茶でしかなかったし——それでも答えを求めようとしたら、出てくるのは誤答でしかないと、そうわかっていた。

そうして、俺が何も言えずにいると、花房はゆっくり立ち上がる。それから、いつものように帰り支度を終えたのち、彼女は……俺に向かって、柔らかな笑みを浮かべた。

——でも、これまで本当の彼女を見てきた俺だからこそ、わかってしまった。

いま、彼女が俺に向けてくれている笑顔は、仮面で作られた偽物(にせもの)だった。

「それじゃあ、憂花ちゃん帰るから。——じゃあね、ばいばい」

「あ、ああ……」

「…………」

自分が口にした言葉に刺されたように、苦しげな表情を浮かべる花房。

そのまま、彼女は足早に文芸部の部室をあとにした。……そうして、寂れた部屋にはただ一人、俺だけが取り残される。

今日、花房はいつものように、俺に「またね」とは言ってくれなかった。

インタールード

扉を閉める手が乱暴にならなくて良かったと、そう思った。

そのまま私は、下駄箱へと足を向ける。……彼は追いかけてこないと、わかっていたけど。それでも私は、つい早足になってしまいながら――彼から逃げるように、人気の絶えた廊下を歩いていた。

本当は、肩こりなんかじゃないって、わかっていた。

でも、それはいいのだ。これから私は、肩こりじゃない、この厄介で愛おしい感情と向き合っていかなきゃならないらしい。――上等。やってやる。憂花ちゃんはいままで、そうやって一人で戦ってきたんだから。肩こりじゃない『それ』とだって、上手く付き合っていけるという自信が、私にはちゃんとあった。

……でも、私はもしかしたら、そんな自信を持っていただけだったのかもしれない。

彼のことを想うのは構わない。いけないのは、そんな彼に夢中になること。

彼と親密になるのだって大歓迎。いけないのは、そんな彼に頼ってしまうこと。

――誰にも寄りかからないで、生きてきた。

私は、まんさきのU－Kaとしての仮面を被ったあの日から、まんさきのU－Kaとしてある為に、誰にも寄りかかろうとはせずに生きてきた。

もちろん、それは他人を排斥するってことじゃない。

仕事で大人の人に助けてもらったことなんて山ほどあるし、衣食住についても家族にはお世話になりっぱなしだ。それに、一緒にいてくれる友人達のことも大好きで、彼女達には精神的に助けられている。

それでも、できるだけ自分一人の力で立つのだけは意識して、やってきた。

愚痴を漏らさない。

弱音を吐かない。

自分からは助けを求めない。

それは、周囲の大人から見たら、つまらないプライドに映るのかもしれないけど……女で、しかもまだ高校生でしかない私が、曲がりなりにも『満月の夜に咲きたい』というアーティストのボーカルであり続けるためには、とても大事な強がりだった。

私は、誰に寄りかからなくたって、頑張っていける。

そんな、ちっぽけな意地を張り続けることで、私は前に進んできたのだ。

だから……だからこそ、私はさっきの出来事を、許容することができなかった。

「……ばいばいなんて、やだなあ……」

つい、そんな本音が口を滑る。

正直、これからどうするのか、自分の中でもはっきりとは決まっていなかった……ただ一つだけ、確実に言えることがあるとするなら——このまま、彼と居心地のいい関係を続けてはいけないと、それだけはわかっていた。


だからたぶん、無理やりにでも続けるなら、偽りの関係しかない。


それはきっと、上辺だけの、薄っぺらい、くだらない関係……今日までのあの楽しい、幸せな時間なんて、もう望むべくもない。

ただ、それでもいいから私は、彼との関係が欲しいと、そう思ってしまっていた。

……そうして、私がそんな結論を出すと同時に、心の奥底に閉じ込められ、声の出し方を忘れていた筈(はず)の『私』が、やかましく騒ぎ出した。

私はそんなの、絶対に嫌。

私は私として、彼と一緒にいたい。

彼の前でだけは、仮面なんかつけたくない！

ああもう、本当にしょうもない女！　私はそう考えて、私が大嫌いな『私』の声を、鼓膜から閉め出す。そうしながら、私は思った——結局、仮面を脱いだ私と一緒にいてくれた彼も、いま私が拒絶した、もう一人の『私』には気づいてくれなかったな、と。

まんさきのU－Kaとして、仮面を被っている私。

その仮面を脱いで、性悪な素の自分をさらけ出している私。

そのどっちもが嘘じゃなかったけど、そんな私にはもう一人、普段は心の奥底に閉じ込めている、私ですらあまり向き合おうとしない『私』が、存在していた。

別に、多重人格という訳じゃない。ただ、私にはまだ……心の奥よりも、更に深い場所にある扉——その扉を開けたそこに、ちっぽけなプライドを支えにして、それでも必死に頑張っている、誰にも見せられない、カッコ悪い『私』が存在していた。

……彼なら、見つけてくれるんじゃないかって、思っていた。

そしてたぶん、もっと時間さえかければ、見つけてくれると思っている。

それでも、もう終わりだ……だって、気づいてしまった。こんな単純なこと、もっと早くに気づくべきだったのかもしれないけど、私は今更になって、気づいたのだ。

本当の『私』を見つけて欲しいと――そんな期待を彼に抱いていることがもう、私が彼に寄りかかってしまっている、何よりの証拠だということに。


だから私は、「ばいばい」をした。

彼と築いてきた本物の関係にも。

見つけて欲しいという願望にも。

いつの間にか、希うように口にしていた、再会の約束を捨て去って。そうやって彼から距離を取ることで、私はもう一度、一人で歩き始めるのだ――。

だって『私』は、そうすることでしか、私として在れないのだから。

「……ちっ。止まれっての……ううっ……」

こうして私は……とても大切で、どこまでも甘酸っぱくて、見ているだけで胸がキュンキュンしてしまうような、まだ始まっていなかった何かを、扉の中に閉じ込める。

それから、もう一緒にはいられない彼と、偽りの関係を始めるために――これまで彼の前ではつけてこなかった分厚い仮面を、そっと手に取るのだった。

第十五話　推しの曲を聴けなかった。

ぴぴぴ、ぴぴぴ、というやかましい電子音に起こされ、俺は瞼を押し上げた。

スマホを手に取り、アラーム音を消す。あくびを一つかましながら、自室を出てリビングに降りた。「おはよう」「おはよ」「おはよう」家族と朝の挨拶を交わしたのち、洗面所で顔を洗って、それから朝食に手を合わせる。目玉焼きとご飯という質素な朝飯を平らげると、のろのろと支度を始め、午前八時十分ごろに「いってきます」と言って家を出た。

自転車に跨り、学校までの道を行く。朝は寝ぼけててマジで危ないので、車と接触しないよう細心の注意を払いつつ、ペダルを漕いだ。途中、コンビニに立ち寄って昼食用のパンを買い、またママチャリで走り出す。坂道を上ってる時に、『弱虫ペダル』に出てくる巻島先輩のスパイダーヒルクライムをやったけど、全然上手く上れなくてすぐやめた。あれをしながらめちゃくちゃ速く上れる巻ちゃんすげえぜ……。

そんなこんなで学校に到着。自分の席――窓側から二列目の最後尾に座ると、スマホを取り出す。がやがやとした教室の喧騒に紛れるように、俺は一人、大好きなゲーム実況者のゲーム実況動画を見始めた。そうして時間を潰していたら、ホームルームの時間になったのでスマホを仕舞う。こうして、俺の代わり映えしない一日がまた始まった。

今日の時間割は一時間目から順に──古文、数学A、化学、現代文。昼休みを挟んで体育、英語という具合。……せっかく必死に勉強して高校に受かったってのに、未だに週五か週六でこんなに勉強させられてんのおかしくない？　このペースで勉強してたら俺、頭よくなっちゃうよ……（中間テストの数学Aの点数が四十六点だった男子の独白）。

そんなことを考えながら授業を聞き流していたら、時刻は午後十二時二十分。昼休みの時間だ。チャイムの音が鳴ると同時、まだお昼を手に入れていない弱者共が、大慌てで購買にパンを買いに走る。俺はそんな奴らを下に見ながら、ゆうゆうとコンビニの総菜パンを学生カバンから取り出した。まあ、なんつうか、お前らとは人としてのランクが違うっていうかね……あの、パンを持ってる程度のことで優越感に浸り過ぎでは？

そうしてパンを食べ終えたのち、俺は自席で本を開く。いま読んでるのは『クリムゾンの迷宮』という一般小説で……こういう、導入から全力で面白い小説、本当にしゅき。

ちなみに、俺はオタクだけど、学校ではラノベを読まない派の人間だった。……一回、『ゲーマーズ！』の五巻を読んでる時につい爆笑してしまったら、クラスメイトから白い目で見られたので、それ以降ラノベは禁止にしたのだ。みんなも気をつけてね。

そうして本を夢中になって読んでいたら、昼休み終了五分前の予鈴が鳴った。すると、女子が着替えのために教室を出始める。次の時間は体育だった。

俺は今日も今日とて、ヒョロガリ男子の梶浦くんとペアになって準備体操をする。この梶浦くんは、いつも彼を含めたオタク友達三人でつるんでいる子で、体育の時だけペアにあぶれてしまうので、仕方なく俺と準備体操をしているフシがあり——端的に言えば俺のことを下に見てる感じがして、気に食わない野郎だった。俺が小説を書くなら、梶浦が第一犠牲者になるミステリーを書いてやろうと思ってる。覚えとけよ梶浦。

そんなこんなで体育をやっつけ、英語を寝て過ごし、放課後。俺はそそくさと職員室に行き、西坂先生から鍵を受け取ると、文芸部の部室へと向かった。階段を一段、また一段と上っていく。——彼女が来ないことは、わかっていた。それでも俺は、部室へと足を向ける。いつしか平日は毎日通うようになってしまった部屋の鍵を開け、中に入った。

ホコリっぽい空気が立ち込めていたので、窓を開ける。それからパソコンの電源を入れた。ぶぃいいん、とやかましい音が響き渡る。そうしていつもの席に座り、ひとまずブログを確認してみると、ブログの常連である豪傑丸さんからこんなコメントが届いていた。

『あの、、ここ最近、管理人さんの文章がどこかやさぐれている気がしますけど、、何かあったんですか？　管理人さんが心配です。。。』

特にやさぐれていたつもりはなかったけど、常連さんにだけわかる何かがあるのだろうか……思いつつ、俺はコメ返しをするために、キーボードを打鍵した。

『豪傑丸さん。いつもコメ、ありがとうございます！　やさぐれている、というのはわからないですけど、心配して下さってありがとうございます！　というか管理人、精神的にも身体的にもめちゃんこ元気なので、心配しないでくださいませｗｗｗ』

　それから俺は、ブログ記事を書こうとして、それをやっぱやめたり、自分がいま推してるVtuberの動画を見たり、各ラノベレーベルの新刊をチェックしたり、ツイッターで情報収集をしたり、ブログを書こうとしてやっぱやめたりした。いやブログ書けや。

　そうして時間を空費しているうちに、時刻は午後五時過ぎ。俺はパソコンの電源を落とすと……一度だけ部屋の扉を見て、余計なことを考えたのち、文芸部の部室を出た。

　部室の鍵を閉め、職員室に鍵を預け、駐輪場へと急ぐ。今日はチャリンコが横倒しになっていたりはしなかったので、無駄に偽善的な行為をすることもなく、家路につこうとしたけど……まだ夕飯まで時間があると思った俺は、帰路をちょっと逸れ、大宮駅近くの駐輪場に自転車を停める。そこから少し歩いたのち、行きつけのＣＤショップに入った。

　暇さえあればつい覗いてしまう店内を、いつものように巡回する。店に流れる流行歌に耳を澄ませながら、俺は……とあるアーティストの特設コーナーには足を向けずに、アーティスト名が『た』行の棚を見やった。するとそこには、谷町Ｐ太さんがまんさきを始める前に個人名義でリリースしたアルバムがざっと並べられていた。

この頃の谷町さんは今より尖りまくってて、これはこれで最高だったから、またボカロで曲書いてくんねえかな……——うわ、いまの俺、懐古厨っぽかった？　やだわあ……昔は良かった、って騒ぐ、変化を受け入れられないファンにだけはなりたくないのに。

思いつつ、俺は一枚のアルバムを手に取る。『エンド・ワールドエンド』というタイトルを冠したこのアルバムは、俺が小学五年生の頃、親にねだって買ってもらったCDで……俺にとっては何よりも思い出深い一枚だった。

家に帰るとお母さんのスマホでYouTubeを観るのが大好きだった光助少年が、初めて衝撃を受けた音楽が、このアルバムに入っている『ワンダーランドループ』という曲だった。最初、広告でそのMVを観た時、何が何だかわからなかった。これまで耳を素通りしてきた音楽と何が違うのか全然わからなくて、だからもう一回聴いた。それでもわからなかったからもう一回。やっぱりわからなくてもう一回。もう一回。もう一回——。

気づいた時には、「いつまで聴いてるの！」とお母さんに怒られて、スマホを取り上げられていた。

……たぶん、これが俺の原風景。音楽にハマって、ボーカロイドにハマって、谷町P太というアーティストにハマった瞬間で、あとはもう、雪山を転げ落ちるようにあれよあれよとオタク沼ですよ。雪山なのに沼とは、これいかに？

そうやって一つの物を好きになってからは、俺は早かった。ボカロを好きになって、ボカロのMVに出てくる可愛(かわい)いキャラクターを好きになった。初音(はつね)ミク。……恥ずかしながらあの頃の俺は、二次元の女の子に本気で恋をしていた。そのうち、二次元の女の子が動くアニメを観たら、それも楽しくて。それの原作になった漫画を読んで、それからライトノベルにも出会って——こうして、拗(こじ)らせオタクが完成したのでした。ＢＡＤ　ＥＮＤとか、そうやってふざけて自分を卑下してみたけど、実のところ、俺はオタクな自分が全然嫌いじゃなくて、むしろ……もしあの頃に戻って人生をやり直すチャンスを手に入れたとしても、俺はもう一度、オタクになる道を選ぶと思う。それは確信に近かった。

学校でぼっちでも構わない。オタクとして生きられないのなら、学校に友達がいっぱいいてもしょうがない。もちろん、そんな生き方も楽しいとは思うけど、他の誰に否定されようが、俺はそう思う。そう思えてしまうくらい、俺はオタクを拗らせていた。

「…………」

だから。

だからこそ、俺はいま……オタクとして推している『とあるユニット』と向き合えていない現状に、苛立(いらだ)ちや、もどかしさや、やるせなさや、寂しさや——そんな色んな感情がごちゃ混ぜになった思いを抱いていた。

俺はちらりと、とあるアーティストのＣＤが並べられた一角を、一瞬だけ見やる。そうして考えるのは、推しについて。推しとファンの在り方についてだった。……こうして時間ができてから、よく考える。果たして俺は、ファンとして正しかったんだろうかと。

推しが、こちらの『こうあって欲しい』という理想から、かけ離れた姿をしていた。

それを知った時、「ふざけるな！」と怒るのは、正しいファンだろうか。

推しを心底愛していたからこそ、その愛が転じて怒りに変わった――それは愛憎という名前のついた、人間らしい感情だ。俺は実際、そういう感情に飲み込まれた。……彼女を心から推していたからこそ、彼女の裏の顔を知った時に、大きく落胆したのだ。

それは、一人の人間としては確かに正しい感情だけれど、でも……推しを愛するファンとしては、正しかったのだろうか。

推しというのは多かれ少なかれ、偶像を孕んでる。あのアイドルには彼氏がいるかもしれないし、あの女性歌手はゴミ屋敷に住んでるかもしれない。そういう可能性を捨てきれない中で、それでも推しを作るのなら――俺達ファンは、推しにどれだけ裏切られようが、それでも推しを愛し続ける覚悟を持たなくちゃいけないんじゃないだろうか。

つまるところ、俺達ファンが推しに捧げるべきは、金でも愛でもなくて……自分だけは何があろうと推しの味方で在り続けるという、揺るがぬ信念なのかもしれない。そこまでできて初めて、俺達ファンは自分の推しを、推しきれたと言えるんじゃないだろうか。

そう考えるとやっぱり、俺の、花房(はなふさ)に対する思いは——。

やめよう。余計なことを考え過ぎだ。わざわざ考えなくていいことまで、無理やり考えようとしなくていいってのに……まったく、これだから考察オタクは……。

でも、考察オタクとして青春ラブコメとかを読むの、超楽しいよな！　そうしてキャラクター達の心情を考え続けた末に手に入れた解答をドヤ顔でブログ記事にした瞬間なんか、脳汁ドバドバですよ！　これだからオタクはやめらんねえぜ、コポォｗｗｗ

そんな風に色々と思案したのち、何も買わずに店を出た俺は、今度こそ自転車で帰路を急いだ。——自宅の駐輪場にチャリを停め、「ただいまー」と言いつつ家にあがる。手洗いうがいをしたのち、自室に引っ込みスマホをいじる。そのうち「ご飯よー」という母親の声が聞こえてきたので、下に降りて家族で夕飯を取った。ちなみに、うちの夕ご飯は早めなので、帰りの遅いお父さんはあとで一人きりの夕飯を取る予定だ。可哀想(かわいそう)。

どうでもいい会話を家族でしたのち、「ごちそうさまでした」と手を合わせる。自室に戻ってごろごろしていると、妹のひかりがニンテンドースイッチを片手に「お兄ちゃん、『ＡＰＥＸ』一緒にやろー」と部屋に入ってきた。「……いや俺、ＦＰＳすげー下手だからやらねえっつっただろ」「大丈夫！　私がお兄ちゃんをチャンピオンにしてあげるから」「妹にキャリーされる兄っていったい……」「いいから早くやろ！」

　そう言いつつ、俺の部屋にあるPS4を勝手に起動する我が妹。そうしてひかりがてきぱきと準備してしまったので、俺がPS4を、ひかりがニンテンドースイッチを使い、俺達は一緒にAPEXを始めた。……案の定、すぐダウンした。「待っててお兄ちゃん！」ひかりはそう言うと、俺のそばにいた敵二人をショットガンで瞬殺したのち——「蘇れ、我がお兄ちゃん！」と言いながら俺を蘇生した。なにこの妹、頼りになり過ぎる。

　そんなこんなで数試合。マジで妹にキャリーされる形でプレイを続けていると、ひかりはふいに「飽きた。もう終わり」と宣言した。「急だなおい」「だって飽きたから。いい加減、お兄ちゃんの介護もしんどくなってきたし」「介護言うな」「これでちょっとは元気出た？」「……妹とゲームしたくらいで元気になるかよ」「明日はなんのゲームやる？」「いいから。俺ラノベ読みてえから早く出てけよ」「はいはい」

　そうして、ひかりは俺の部屋からそそくさと出ていく。……彼女なりに気を遣ってくれたんだろうか。俺はそんなことを考えつつ、俺の机の一角にある積み本ゾーンから、まだ読んでいる途中のラノベを手に取った。いま読んでいるのは『とらドラ！』の八巻で、七巻がガン泣きするくらい良かったから、あれからどうなるのかが楽しみな作品だった。

ベッドにうつ伏せの状態で寝転び、本を開いた。文字を読む。場面を想像する。キャラクター達の会話ににやりとする。――楽しい。ライトノベルはどうしてこんなに楽しいんだろうか。オタクっていうのは、どうしてこうも楽しいんだろうか。

大好きなアニメがある。大好きな漫画がある。大好きなラノベがある。――それだけじゃない。俺は洋画好きなお父さんの影響で、洋画だってたまに見るし、音楽だってボカロ以外には邦楽ロックなんかも大好きだ。ゲームだって大好きで、対人ゲームはかなり弱いけど、それでもゲーム自体が大好きだった。俺の世界にはそういった、大好きなものが溢れている。そんな大好きなものに囲まれている日々が、俺は大好きで――。

だっていうのに、どうして俺の胸にはいま、ぽっかりと穴が空いているんだろうか。

「…………くそっ……」

意識したら急に、ライトノベルを読めなくなった。栞を挟んだのち、『とらドラ！』の八巻をベッドの端に置く。……なんというか、悔しかった。俺はラノベが大好きで、だからラノベを読んでるこの時間が大好きなのに、それでも――俺の大好きなもので、この胸の穴を埋められないことが、本当に悔しかった。

原因はわかってる。

それは、あの日から数えてもう三週間も、花房が文芸部の部室に来ていないからだ。

『ああ、そっか。私、もう寄りかかってたんだ』

そう言った彼女の心情を、俺みたいなただのファンが、完璧に推し量ることはできなかったけど……ここ数週間考え続けて、ぼんやりとした予想は立てられた。

たぶん花房は、他人と関わることで、自分が弱い人間になるのを怖がっているのだ。

だから彼女はこれまで、素の自分を見せてこなかった——それはきっと、俺にもだ。

俺はてっきり、仮面を脱いだ性悪な彼女こそが、花房の本性だと思っていたけど……それでもまだ、彼女の本質には届いていなかったのだと思う。花房はたぶん、そこから更にもう一枚奥にこそ、本当の『素顔』を隠し持っているんじゃないだろうか。

「……どんだけ底知れない女なんだよ、お前……」

というか、誤解を恐れずに言わせてもらえれば、超絶めんどくさい女だと思った。

普段は仮面を被(かぶ)っていて、その裏側に性悪な自分がいて、それだけでもめんどいのに、じゃあその性悪な彼女が花房の本質なんだと思ったら、そういう訳でもないとか……まるでミルフィーユみたいな女の子だった。

だってそうだろ？　一層、二層、三層と……彼女を知っていけば知っていくほど、彼女という人間にはまだ奥の層があるんだと、驚かされるんだから。

……まったく、花房憂花という在り方が何層にも折り重なって、それら全てを理解しなくちゃ彼女を理解したとは言えないなんて――女の子は難しい、を体現したみたいな女だなおい。

だから、そんな彼女が一体どういう理由で俺から離れていったのか、ちゃんとはわからなかったけど……そんな俺でもわかっていることがあるとするなら、それは――花房と会えずに寂しがっている、自分自身のくだらねえ感情だけだった。

「……なんだよそれ。俺は推しと繋がりたい勢じゃないんじゃ、なかったのかよ……」

ファンとして正しい感情じゃないのはわかってる。でも、それでも……こうして、ふとした瞬間に、自分の大好きなラノベを楽しめなくなってしまうくらいには、花房に避けられているという事実は、俺の胸に確かな風穴を空けていた。

――俺はこんな、何でもない日常が、嫌いじゃなかったのに。

そんな今日が、いまはこんなにも色褪せて見えるのが、本当に悔しかった。

「……話を、するしかないか……」

それはもちろん、花房と部室でくだらない話ばかりしていたあの日々を、取り戻すために――という訳じゃない。

確かに俺はいま、推しに抱くべきじゃない感情の種を持ってしまっているけれど……彼女のファンとしてはそんなもの、決して大事にしてはいけないから。

だから、俺から花房に対して、また仲良くして欲しいと言うことはなかったけど……区切りは、つけたいと思った。

花房がどうして、俺を避け始めたのか――その理由を知って、俺達はもう無関係だと俺自身にわからせ、くだらねえ未練を断ち切ることで……俺の大好きなラノベを、漫画を、アニメを。またちゃんと楽しめる精神状態に戻りたいと、そう思ったのだ。

だから、花房ともう一度、近づくためじゃない――そんな不純な理由ならいらない。

俺は、俺のために……俺の大好きな二次元を、また昔のように楽しむために。

俺が嫌いじゃなかった日常を取り戻すために、彼女に会いたいと思っていた。

「……とりあえず、音楽でも聴くか……」

ラノベを読めなかった俺はそう呟き、スマホを手に取る。

ワイヤレスイヤホンをスマホに接続したのち、自身の耳に装着して、それからアーティストを選び始めた。……大好きなアーティストが山ほど並んだその中から、酷く個人的な理由でとあるアーティストを飛ばすと、俺はヨルシカを選び、再生する。

選んだその曲のタイトルは『心に穴が空いた』というもので――いまの俺には少しばか

り刺さり過ぎて、だからつい感傷に浸ってしまった。

「…………」

ヨルシカの曲を聴きながら、そっと目を閉じる。

ちなみに、さっき飛ばしたアーティストの名前は、『満月の夜に咲きたい』で……俺はそのアーティストが大好きなのに、だけど、大好きだからこそ——いまだけはそれを、素直に再生することができないのだった。

第十六話　推しに別れを告げた。

翌日。

俺はファンレターでも、ラブレターでもない、簡素な手紙を——『明日、文芸部の部室に来てください。話がしたいです』とだけ書いた紙を、花房の机の中に入れた。

……正直、俺みたいないちファンが、まんさきのU－Kaに対してこんな要求をすること自体、おこがましいにも程があるんだけど——それでも。なんとか花房にそんな思いを伝えることができた俺は、更に翌日の、放課後。

「…………」

文芸部の部室で一人、スマホをいじりながら、彼女がここに来るのを待っていた。

……ただ、そうして呼び出しはしたけど、実際に花房が来てくれるかは微妙なところだと思っている。彼女にとって俺はもう、避けるべき相手になってしまったっぽいし、だから俺の呼び出しにも応じてくれないのではないかと、そう考えていたけど——。

こんこん、とノックの音が部室に響いた。

それを受けて、いつも花房はノックなんてしないから、折悪く檜原が来たのだろうかと考えながら、俺が「どうぞ」と答えると、扉がゆっくり横滑りに開いて……そこに、彼女が立っていた。

「……ふふっ。何だか、久しぶりだね」

そう言いながら、彼女——花房憂花は少しだけ笑うと、照れくさそうに頬を掻いた。

ただ、花房はああ言ったけど、クラスでいつも顔だけは合わせているから、そんなに久しぶりという感じでもないんだけどな……俺はそう思いつつも、緊張からか、少しだけ上ずってしまった声で返事をする。

「お、おう。……なんというか、急に呼び出して悪かったな」

「ううん、全然！　確かに私、最近文芸部に行けてないなあー、って思ってたから、ちょうどよかったよ！　それで……話って、なにかな？」

「……とりあえず座れば？」

立ったまま話を進めようとする花房に、俺はそう言った。すると彼女は「あ、確かにそうだね！」と、どこか取り繕ったような明るい声を出したのち、部室に入ってきた。

俺の隣じゃない、俺から斜め前の席に、彼女は腰を下ろす。……以前とは少し違う距離感に余計な意味を見いだそうとする自分を戒めつつ、俺は花房に向き直る。体は彼女の方を向いているけど、目線は下を向いたまま、俺は抑えめのトーンで尋ねた。

「話っていうのは、あの……どうしてお前は最近、部室に来なくなったんだ？　っていうことだけ、聞きたかったたん、だけど……」

「……別に、何か理由があって来なかった訳じゃないよ？　最近はちょっと、お仕事の方が忙しくて、だから来られなかっただけだから」

「いや嘘つけよ。俺、まんさきのツイッターや、お前のインスタなんかも見てるけど、最近のお前はそんなに忙しくないの知ってるぞ。この間だって、ホームルーム終わって普通に帰ったと思ったら、ツイッターで『暇だー』って言ってたし——」

「…………」

「や、あの、俺いま淀みなくキモいこと言ったけど。ストーカーっぽいこと言ったけど、あれだから。ツイッターやインスタを見るのはファンとして当然で、お前が帰ってるのを見たっていうのも、偶然目撃しただけだからな？　ほんとだよ？」

「ふふっ。私、何も言ってないよ？　大丈夫、全然キモいなんて思ってないから」

「そ、そうか……」

慈愛に満ちた花房の笑顔に、俺は違和感を覚える。

俺がこういう失言をした時、花房は自分から率先して、俺をからかったりする筈なのに

……どうして彼女はいま、俺のキモい発言を優しく受け流してくれたんだろうか。

考えつつ、俺は言葉を重ねる。いまの言い方だとどこか、花房が文芸部に来ないのを俺が糾弾しているみたいになってしまっていたので、それに対して言い訳をした。

「勘違いされたら困るけど、俺は別に、お前を責めてる訳じゃないからな？　もうここに来られない理由があるのなら、来なくていい。俺はいまお前に対して、『また文芸部に来てくれ』って言ってる訳じゃないから。そうじゃなくて――どうして、ここに来なくなったのか。それだけ、知りたいんだよ」

「…………」

「俺に悪いところがあったなら、お前に悪いところがあったからだと、ちゃんと言ってくれ。それを直す気はないし、直せるような俺じゃないけど……俺を嫌った理由だけは、教えてくれないか？　……それだけくれれば、あとはいいから。もう二度と、お前を呼び出すなんておこがましいこと、しないからさ……」

　俺のそんな発言に対して、花房は曖昧に苦笑する。次いで、その表情をどこか薄っぺらい笑顔に変えてしまうと、彼女は努めて明るい声で言った。

「夜宮（よみや）くんこそ、何か勘違いしてるみたいだね……本当に私は、夜宮くんを避けてここに来なかった訳じゃないよ？」

　……夜宮くん？

小さな違和感を覚える俺を尻目に、花房はなおも言葉を続けた。

「最近はちょっと、お仕事が忙しかっただけなの。だから、いまの私から、これこれこういう理由でここに来るのを避けてました、なんてことは言えないんだよ。だって、そもそも避けようとなんてしてなかったんだからね」

「…………」

「あなたの期待に応えられなくてごめんね？　……でも、わかった。夜宮くんがそんな風に思ってくれてたなら、私、今度からお仕事が多少忙しくても、無理やり時間を作ってここに来るようにするよ！　そうすれば夜宮くんも、私に避けられてる、なんて的外れな不安を抱かなくて済むようになるんじゃないかな？」

「……さっきからふざけてんのかよ、お前」

「え……？」

突如低い声を出した俺に、花房は少し怯えたような表情を浮かべる。しかし俺はそれを見ても、申し訳ないことをしたな、とはこれっぽっちも思わなかった。

だって花房は先程からずっと、俺と向き合ってくれていないから。

そうやって俺を馬鹿にする彼女に対して、申し訳なく思う筈がないのだった。

「最初は俺の勘違いかと思ったけど、こんなにわざとらしくされちゃ、勘違いのしようがねえよ。つーかぶっちゃけ、話し合いにもなってねえじゃねえか。なんなんだよ……俺はもう、お前の裏の顔を知ってるんだぞ？　お前の腹黒い性格を、ちゃんと知ってんだ。だっていうのに、今更こんなことして、何のつもりだよ……」

「……何のつもりって、何のことかな？」

「いや、わかったうえでやってんだろ。とぼけんな。――さっさと外せよ、それ」

「外せって、何を外せばいいの？」

「だから、その仮面をだよ！」

「…………」

俺がそう怒鳴ると、花房は一瞬だけ逡巡（しゅんじゅん）したような表情を浮かべたのち、すぐさま取り繕ったような笑みをその顔に張り付けた。……これまで俺は、花房に腹の立つことを山ほどされてきたけど、不愉快さではこれがダントツだった。

自分のことを「憂花ちゃん」と言わない。本音でものを語らない。自分が設定した『まんさきのＵ－Ｋａ』として対応する――。

クラスのみんなの前でその仮面を被（かぶ）るのは、彼女なりの処世術だろう。でも、それを知っている俺に対してそうするというのは……「あなたと真面目に話をする気はないですよ」という、俺に対する侮辱でしかなかった。

そうして、俺が彼女を睨みつけていたら、花房は——俺の「仮面を外せ」という言葉に対して、可愛らしく小首を傾げる。……少しだけ唇が震えていたけど、それでも。彼女はどこかとぼけたような口調で、こう言うのだった。

「どうして、外さなきゃいけないの？」

「——」

「私は確かにいま、夜宮くんに対して仮面を被ってるけど、でも……それは、駄目なことなのかな？」

「……ああ、そっか……」

俺の口から零れた呟きは、自分でも驚くほど、柔らかなものだった。

たぶん、それはわかったからだ。いま花房が口にした言葉の意味を、はっきりと——何の未練も抱かないほどにわかったから、俺は納得するようにそう呟けたのだ。

きっと、花房にとって俺はもう、ただのクラスメイトでしかなかった。

クズ先輩の一件があって以降、花房から見た俺は、曲がりなりにも他のクラスメイトとは違う存在だったと思う。……それがいまや、花房にとっての俺は、たとえ本性がバレているとしても、自身の素顔を見せたくない相手に成り下がってしまったのだ。

だから彼女はいま、俺に「仮面を外せ」と言われてもなお、それを外そうとはしないのだろう……どうして文芸部の部室に来なくなったのか、その本当の理由を教えてはくれないし、そもそも俺と正面から向き合う必要もないと思っているに違いない。

ここまで冷たくあしらわれてしまえば、逆に踏ん切りがついた。

俺はもう、花房憂花のことで悩んだりはしない。

だって俺にとって花房は、手が届く筈もない、雲の上の存在で……まんさきのU－Kaは、スマホの画面の中にしかいない女の子なのだから。

……もしかしたら俺は、心のどこかで、おこがましい夢を見ていたのかもしれない。

いつの間にか自分を、彼女と一緒にいられる人間だと勘違いして……だからきっかけさえあれば、花房との関係もまた取り戻せると、そう思っていたのかもしれない。

でももう、そんな未練も、たったいま吹っ切れた。

――そうだ。これが正しかったんだ。いままでがおかしかった。

花房と一緒に、楽しい日々を過ごしてきたこれまでが、間違っていたのだ。

だから、少しだけ寂しくはあったけど――納得はできた。いま花房がした『拒絶』に対して、なんで拒絶するんだ、と痛いファンのように怒鳴り散らすのではなく、ちゃんと諦観を抱けたことが……いちファンとして弁（わきま）えられたことが、ちょっとだけ嬉（うれ）しかった。

「……夜宮、くん？」

そんなことを俺が長々と考えていると、花房は不安そうな瞳を俺に向けてきた。……もしかしたら、必要以上に俺を傷つけたのではないかと、心配しているのかもしれない。だとしたら、そんな顔をする必要はなかった。

だって、それに関しては本当に、花房は上手くやったから。俺を必要以上に貶めたりはせず、かつ必要な傷だけはちゃんとつけてくれた……もう随分と前、彼女にフラれた先輩がそのことで逆切れしてたけど、あいつの馬鹿さ加減を再確認する。何故なら——。

こんなに上手く男をフッてくれる女を、俺は、他に見たことがないから。

……い、いやまあ、そもそもの話、俺は彼女にコクってもいなければ、他の誰かにフラれたこともないんだけどな！　俺は内心でそうおどけつつ、椅子から立ち上がる。そうして、いま俺が抱いた感情が花房に嫌味なく伝わるよう、できる限り優しい声音で言った。

「なんというか、わざわざ呼び出したりして、悪かったな」

「……こ——夜宮、くん……」

「お前が部室に来なくなった理由がわからなかったのは残念だけど、ちゃんと、踏ん切りはついたから。こうして、またここで会えて、よかった」

「………」

俺の言葉を受け、口を引き結ぶ花房。

彼女は何故か、ぎり、と奥歯を強く噛んで、耐え忍ぶような顔をしていた。

そんな、どこか含みのある彼女の表情をちゃんと見て見ぬふりしつつ、俺は一つ深呼吸をする。……正直、顔から火が出そうになるくらい恥ずかしいけど、これで最後だと思ったら、伝えない訳にはいかなかったから。

花房の目を見つめながら、俺は呟くように口にした。

「い、いままで仲良くしてくれて、ありがとう……」

「────」

俺はそう言い終えると、顔を俯けながら部屋を出ようとする。……こんな素直な思いを語ったあとに、彼女と二人きりの部屋にいることが耐えられなかった俺は、とにかくここから逃げ出すために、部室の扉に手をかけた。

そしたら、それと同時。

どこか縋るような声が、俺の背後から聞こえてきた。

「そ、そういえば！　わ、私──こ……夜宮くんに、まんさきのデモ音源、渡してなかったよね!?」

「え……？」

いきなり何の話だ？

そう思った俺が振り返ると、そこには……何故かその瞳を雫で潤ませた、泣き出すのを必死で堪える子供みたいな顔をした、花房の姿があった。

その表情に、俺が面食らっていると……彼女は無理やり思いを絞り出すみたいに、言葉を続ける。慌てて喋るが故に掠れる声はどこか、強い感情に満ち溢れていた。

「ほら！　私の本性を他人にバラさないでいてくれたら、まんさきのデモ音源のコピーをあげるって約束！　果たしてないじゃん！」

「ああ、そういえば……」

「だから、明日！　それを、あんたに渡したいから……もう一度だけ、会えない……？」

「…………」

どこかしゅんとした様子の花房が、項垂れながらそう尋ねた。……どうして俺を拒絶した翌日に、わざわざまんさきのデモ音源を渡そうとしてくれるんだ？

俺はそう疑問に思ったけど——ああ、その約束を果たすことで、俺と彼女の間にある貸し借りの関係も清算したい、ということか？　そうであれば、デモ音源自体は喉から手が出るほど欲しい俺としては、頷かないわけにはいかなかった。

「ああ、いいぞ」

「そ、そっか……良かった……」

どこかほっとしたように一息つく花房。……そんな彼女の様子に違和感を覚える俺だったけど、それからすぐさま表情をフラットに戻した花房は、重ねてこう言ってきた。

「じゃあ明日も、ここで会うのでいい？」

「いや。文化部は基本、土日部活なしだから、土曜の明日は部室使えないんだよな……」

「そっか。それじゃあ……校舎裏で、待ってるから」

彼女はそう言うと、扉の前にいた俺の横をすり抜け、部室から出て行った。――俺はその背中を見届けながら、「ふう」と一度だけ息を吐く。

……望んでいたものは得られなかったけど、これで、一区切りはつけられたよな？　俺はそんなことを考えつつ、部室を出て鍵を閉める。

結局、俺と花房憂花の間にあった関係は、元に戻らなかった。

それでも、俺が再び二次元を楽しむために――大切な日常を取り戻すために起こした行動に、間違いはなかった筈だから。家に帰ったら今日こそは、大好きなラノベを心置きなく読み漁ろうと、俺はそう思うのだった。

第十七話　推しと握手をした。

翌日。良く晴れた土曜日。

午前中だけの授業を終えて、放課後になった現在——俺は一人で、何かと因縁のある場所、校舎裏にやって来ていた。

辺りを見回して、少しだけ思い出す……そういえば、俺が花房の本性を初めて知ったのは、この場所でのことだった。

『家に帰ったら絶対に、プリン食べる』

そう言いながら、屋外用の大きなゴミ箱を蹴りつける、花房の姿が脳裏に浮かぶ。見やれば、ゴミ箱の側面には未だ、彼女がつけた凹みがくっきりと残っていた。

あの時、俺は本当に、彼女に幻滅した……俺の中にあった理想の『まんさきのＵ－Ｋａ』とは似ても似つかない彼女を見て、騙された気分になったのだ。

だっていうのに、俺はどうして曲がりなりにも、そんな彼女とこれまで一緒にいられたんだろうな……いや、俺は別に、花房と一緒にいるために我慢や努力をしてきた訳じゃないか。むしろ、一緒にいる努力をしてくれていたのは——。

「………」

そんなことを考えながら花房の到着を待っていたら、がさり、と草を踏む音が聞こえてきた。なのでそちらに視線をやると、校舎の角から彼女が現れる。

「……あ、あはは。どうも……」

どこか力なくそんな挨拶をしてくる花房に、俺は「おう」と、努めていつも通りみたいな返事をした。

そうして花房は、少し距離を取って俺の正面に立つと、仄かに儚げな表情を浮かべたのち、顔を俯ける。――彼女は何も喋らない。どうにも気まずそうに両手を揉んで、俺の顔をちらちら見つめるだけだった。なので俺は仕方なく、俺の方から彼女に話しかける。

「デモ音源、持ってきてくれたのか？」

「……うん」

一つ頷いて、花房は肩にかけていた学生カバンを下ろすと、そこから白いCD－Rを取り出した。薄いCDケースに入ったそれには、『まんさき　デモ音源』とだけサインペンで書かれている。

俺は差し出されたそれを見つめながら、彼女に言った。

「ありがとう」

「……ううん。約束、だったから……」

「それでも、ありがとな。大切に聴かせてもらうわ」

花房との関係も今日で終わりだと思うと、素直な言葉がすらすらと出た。……こういう時にしか素直になれないのがどうにも俺らしくて、そんな自分が少しだけ嫌いだった。

思いつつ、俺は花房の差し出したデモ音源を、そっと手に取った。

しかし、手に取ったそれを学生カバンに仕舞おうとしたら、ぐっ、と。CDを摑んでいる右手が何かに引き戻されるのを感じた。なので、そちらを見やれば——花房が何故か、俺に差し出したCDを未だに握り続けていた。

それを受け、俺はそのCDを優しく取り上げようとするものの、花房は俺に抗うようにデモ音源を手放さない。——俺がぐいっ、とCDを引っ張れば、花房がぐいっ、とそれを自分の方に引き戻す。それはまるで、綱引きをするみたいに。俺と彼女は無言を貫いたまま、そんな謎の攻防を数度繰り返した。

「……あの、手、放してくれるか？　じゃないと、受け取れないんだけど……」

「…………」

そのうち、痺れを切らした俺がそう言うと、花房は無言のまま顔を俯ける。だけどそれでも、彼女はCDを強く摑んだまま、一向に手放そうとはしなかった。……な、なんで？

今更になってこれを俺にあげるのが惜しくなったとか、そういうことか？

俺がそう不思議に思っていたら、ふいに顔を上げた花房が、ぽつり、と——不安げに瞳を揺らしながら、こんな言葉を漏らした。

「こ、これで、終わりとか……そういう訳じゃ、ないよね……？」

「え……？」

「憂花(ゆうか)ちゃんが、このデモ音源をあんたに渡したら、それで……もう、私とあんたの関係は終わりとか……そんなこと、考えてないよね……？」

「…………」

何を言ってるんだこいつは、と。俺はそう思った。

そんなの、ちょっと考えればわかるだろ——これで終わりだ。

花房と俺の間にあった、デモ音源の契約を履行することで、俺達の間にあるものを全て清算して、関係をちゃんと終わらす……このCD受け渡しが持っている本当の意味は、そういうものだった。それを、花房本人がわかっていない筈はないのに……。

俺はそこまで考えたのち、彼女が投げかけてきた質問に、正面から答えた。

「いや、これで終わりだ」

「——」

俺の発言を受け、驚いたように目を見開く花房。……どうして、そんなリアクションなんだよ。俺もそう内心で驚いていると、花房は固く目を瞑った。それから、ゆっくりと瞼を押し上げ、こちらをじっと見やる。――敵視するような視線が、俺を射抜いていた。

すると、次の瞬間。

花房は突然、空いていた左手で、どんっ、と俺の胸を突いた。それに驚き「なっ?」と声を出す俺。そんな俺をなおも睨みつけながら、彼女は言った。

「なら駄目。これは、あんたにはあげられない」

「は……？　な、なんで……」

「なんでって、そんなの当たり前じゃん。あんたにこれをあげたら、もう終わりなんでしょ？　――じゃあ、無理だから。そんな、憂花ちゃんに得が一個もないこと、誰がするかっての。やっぱ、この約束はなしね」

「はあああ？　……お、お前、ふざけてんのかよ？　俺は今日、お前からデモ音源を受け取るために、ここに来たんだぞ。お前だって、俺にデモ音源を渡すために、ここに来たんだろ？　それがなんで、どうして……やっぱそれは嫌だって話になるんだよ」

「だって……これを渡したら終わりだって、あんたが言うから……」

「そんなの、お前が一番わかってたんじゃないのかよ」

「………」

わかりやすくしゅんとなって、顔を俯ける花房。……あまりにも意味不明だった。

そもそも彼女は今日、俺と決別するために俺を呼び出したんじゃないのか？　もしそうじゃないのならそれこそ、いままで俺を遠ざけてきた意味がわからなくなる……こいつは一体、何を考えてるんだ？　結局、俺をどうしたいんだよ。訳わかんねえよ。

俺は思いつつ、花房の手から無理やり奪い取るように、ＣＤを思いっきり引っ張った。

「や、やめっ……やだあ！」

そうすると同時、彼女は必死になって俺の腕に縋りついてくる。それにドキリとした俺は、「ちょ――わ、わかったから！」と、慌ててＣＤを手放し、それを取り落とした。すると花房は、地面に落ちたデモ音源をすぐさま、両手で拾い上げる――。

そうして、俺が手放してしまったＣＤを、花房は愛おしそうに、自分の胸元でぎゅっと抱いた。そうしながら彼女は、固く目を瞑って、「やっぱ、だめ……」と呟くのだった。

「わ、訳わかんねえよ、お前……それを俺に渡さないで、一体どうしたいんだ？　――そもそも花房さんは、俺から距離を取りたかったんだろ？　だから部室に来なくなったし、俺の前でも仮面を被るようになったんじゃないのか？　そして今日はついに、こうやってまんさきのデモ音源のコピーを渡して、ちゃんと終わらせようとした——そういうことじゃなかったのかよ？　いまお前、行動が矛盾してるぞ……」

俺のそんな言葉を受けて、花房は潤んだ瞳で俺を睨みつける。唇を強く噛み、いまにも泣き出しそうな顔をして、だけど涙は見せぬまま……やっぱり胸元には、まんさきのデモ音源が入ったCD－Rを、強く、きつく抱いていた。

それから、どれくらいの時間が経っただろうか……長い静寂があったのち、花房は顔を俯けると、耳をほんのり赤らめつつ、話し始めた。

それは、彼女がこれまで語ってこなかった、彼女の弱い部分についての話だった。

「……憂花ちゃんはこれまで、一人で生きてきたの。誰かに愚痴を吐いたりせず、誰かに助けを求めたりもしないで——まあ実際には、憂花ちゃん一人で生きるなんてこと、全然できなかったけどね。でも、そうしようとはしたんだよ。自分から、誰かに寄りかかろうとは、しなかった……」

「………」

「それなのに、あんたと出会って……憂花ちゃんの素顔を知ってる、あんたにだけは……自分から、寄りかかっちゃった。だから憂花ちゃんは、あんたと一緒にいられなくなったの……これ以上一緒にいちゃいけないって、そう思ったんだよ……」

そこら辺は何となく、花房の在り方として、予想がついていた部分だった。

他人に、自分の『心の拠り所』を見つけたくない。自分一人で立っているのがしんどい時に、誰かに寄りかかることを覚えてしまいたくない――それは、その『誰か』がいなくなった時、一人で立てなくなる原因になってしまうから。

花房がそういう価値観を持っているのは、俺も薄々感じていた。だから、花房はやっぱり、俺を嫌いになったから俺を避けていた訳じゃなかったとわかって、少しほっとしてしまったけど……結局のところ。

どうして花房はいま、そういう理由で離れようとした俺との関係が終わることを、怖がっているんだろうか――。

俺がそう考えていると、真っ赤になった顔を上げた花房は、一瞬だけ俺を見つめたのち……不貞腐れたような表情でそっぽを向きつつ、こう言うのだった。

「でも、だけど……だからって……あんたの方から、離れようとしないでよ……」

「…………は？」

「だ、だから！　――憂花ちゃんからあんたに対して距離を取るのは良いけど、あんたが勝手に、憂花ちゃんから離れようとするなって言ってるの！　確かに、憂花ちゃんはあんたと一緒にいたらいけないって、そう思っちゃったけど——だからこそあんたはむしろ、そんな憂花ちゃんと一緒にいるために、自分から努力してよ！」

「……はあああああ？」

怒りというよりは呆れの感情の方が多い声が、俺の口から漏れ出た。……こいつ、マジで何言ってんだ？　花房自身の性格的な問題で、彼女の方から俺と距離を取ったっていうのに、だからって俺が俺の意思で離れていくのは我慢できない？　——こうして要約してみても、未だに何言ってんのかわかんないんですけど？

俺がそう、彼女の発言を一ミリも理解できないでいると、花房は「だ！　か！　ら！」と、そんな俺に対して怒り心頭といった様子で怒鳴り、それから続けた。

「憂花ちゃんは別に、あんたと無関係になりたかった訳じゃないの！　憂花ちゃんは、あんたと距離を置いて、適切な関係でいたかっただけで……それが、どうしてこの関係は終わりって話になるのよ！　そんなの、憂花ちゃんがやなんだってば！」

「えええええええ……お前から俺を避け始めたのに？」

「つか、あれだってそうだから！　別に憂花ちゃん、光助を拒絶した訳じゃなくて、ああやって自分から光助と絡まなかったら、光助の方から来てくれるかな……それだったら憂花ちゃんも、光助と絡むのもやぶさかではないかな——みたいなこと思ってたら、三週間も放置されたし！　どんだけ意気地なしなのあんた！」

「はあああああ⁉　俺のせいかよ⁉」

「そうだよ！　昨日だって、久々にあんたと会うってなった憂花ちゃんが、光助に近づき過ぎないために仮面を被って行ったら、めっちゃマジのトーンでキレてくるから、あんななっちゃったし！　……別に、光助を幻滅させるつもりなんて、なかったんだよ？　私はただ、ああやって仮面を被ってでも、あんたと一緒にいたかったっていうか——憂花ちゃんはそう思ってたのに、そしたらあんた、本気で憂花ちゃんを見限っちゃうし……」

「……そ、それは……」

「だから今日、無理やり約束を取り付けて、再会したら……これで終わりとか、言い出しさ……ほんと、なんなのよ、あんた……違うの……違うんだってば……憂花ちゃんはただ、あんたと偽物(にせもの)の関係でもいいから、一緒にいたかっただけで、光助と無関係になりたかった訳じゃないんだよ……あんたのこと、嫌いになんか全然なってない。むしろ私は、あんたのことが、本当に——……だから……こんな風に、終わりたくないよ……」

「…………」

　くしゃり、と。膝をすりむき泣き出す寸前の子供みたいに表情を歪(ゆが)ませながら、花房は俺を見つめた。——まつ毛が震える。潤んだ瞳が揺らぐ。唇も固く引き結ばれた。それでも、いまにも泣きそうな顔を無理やり笑顔に作り変えると、花房はそんな、したたかな微笑と共に、どこか悪戯めいた囁き声で、こう言うのだった。

「憂花ちゃんが、あんたから離れようとするのは、いいの。——でも、あんたから憂花ちゃんを諦めようとするなんて、そんなの、憂花ちゃんが許さないから……」

「——」

こいつは本当にとんでもない女だと、ただそう思った。

だって要約すると、自分勝手な理由で俺を遠ざけたり、偽りの仮面を被って俺と一緒にいようとした花房は、いま——自分はあなたを遠ざけたけど、それでも、そんな私をあなたが追いかけてきてくれなかったことが、私は許せないと……そんな、めちゃくちゃめんどくせえことを言っているのだから！

「お、お前は、マジで……ほんとに……」

俺の視点から見たら、この女は矛盾だらけだった。自分から遠ざけておいて、それなのに俺がこの関係を終わらそうとしたら、それに対して怒るなんて……思考回路がショートしてるとしか思えない。

ただ、彼女に振り回されている俺自身はそう感じるけど——花房視点で彼女の感情を考えた時、そこに一応の整合性はあるのだと思う。

まず、俺という人間に寄りかかってると感じた彼女は、俺から距離を置くために、部室に行くのをやめたり、俺の前でも仮面を被ったりし始めた——しかし、俺を本気で嫌っている訳ではなかった花房は、それを受けて彼女との関係継続を諦め、「この関係を解消しよう」と申し出てきた俺に対し、こう思ったのだ。

『こいつと距離を取ろうとは思ってたけど、無関係にはなりたくない！　というか、何でこいつはこんなに可愛い憂花ちゃんのことを、そんなにあっさり諦められるのよ！』

そうして、そう思った彼女の口から出たのが、先の発言という訳だ。

……もちろん、こんなのは俺がいま立てた予想であって、だから完璧な正解では絶対にないんだけど、たぶん大きく外れてもいないんじゃねえかな……。

それから、感情を吐き出し終えた花房は、一つ息を吐くと——「ごめんなさい」とちゃんと口にしながら、深々と頭を下げた。……そうなんだよな。彼女、こういう時に謝れる子ではあるんだよな……俺がそう思っていたら、どこか遠慮がちに頭を上げた花房は、照れくさそうに笑って続けた。

「こんな、めんどくさい憂花ちゃんで、ごめんね……三週間もほったらかしにして、本当にごめん……」

「い、いや、それを謝られても……」

「まあ、光助も三週間、憂花ちゃんのことをほったらかしにしてたから、そこはおあいこかもしんないけど……憂花ちゃんがあんたを振り回しちゃってるのは、わかってるから。自分でも、憂花ちゃんってちょっとめんどい女かも、って思うからね……」

「自覚症状があって良かった。……でも、『ちょっと』なんだな」

「うん。憂花ちゃんはちょっとめんどくさい女の子。そんなところも可愛いでしょ？」

「他人から言われたならまだしも、自分から開き直ってんじゃねえよ」

俺のそんなツッコミに、乾いた声であははと笑う花房。次いで、彼女はふいに真剣な顔になると、改めて俺に向き直った。「すぅー、はぁー……」と一つ深呼吸をしたのち、手に持っていたCDを、俺の方にそっと差し出す。そうしながら、彼女は笑った。

それはどこか、悪戯っぽい、悪びれるような笑みで……どこまでも彼女らしい、だからこそ愛らしい笑顔だった。

「いまの憂花ちゃんの話を聞いたうえで、まだこれが欲しいなら……いいよ、あげる。それでも欲しいってなっちゃったら、もう……しょうがないもんね。——でも憂花ちゃん、さっきみたいに、最後の抵抗はするから。その時は、憂花ちゃんから力ずくで奪ってね」

「それで、どうする？　……デモ音源、いる？」

たぶん彼女は、これがどういう結果になるか、もうわかっていた。

でも、花房はそれをわかったうえで、俺にそう尋ねるのだ——これを手に取るの？　取らないの？　と。……何というか、どこまでも狡猾で、とにかくめんどくさくて、何より女の子らしい女の子だと思った。

可愛いだけじゃない。憎たらしいだけじゃない。

すっげえ憎たらしくて、どこまでも可愛い女の子だった。

ふとした瞬間に狡猾さを見せたかと思えば、彼女にしかわからないタイミングで感情的にもなる。花房憂花はそんな、どこを切り取ったって彼女らしい、あまりにも複雑怪奇な精神構造の、でも……どこにでもいる女の子だった。

「ははっ……」

「………」

——きっと俺は、花房が俺の推しじゃなかったら、彼女に恋をしていた。

いつもならもっとひねくれた結論になる筈の俺の感情が、素直にそう認めた。こんなこと、あまり自覚したくはなかったけど……彼女の一筋縄ではいかない魅力を知ることによって、この感情はもはや、そう認めざるを得ない大きさになっていた。

花房憂花は俺が理想としていた、まんさきのU－Kaじゃない。それはわかってる。

でも俺はいま、それをわかったうえで――こんなめんどくさい、だからこそ女の子らしい花房のことを、恋愛感情を抱く一歩手前ぐらいの熱量で、好きになってしまっていた。

……ただ俺は、花房を女の子として意識している以上に――まんさきのU－Kaを死ぬほど愛してる、拗らせオタクだから。自分からは決して、彼女に対する邪な感情を、これ以上膨らませる気はなかったけれど……それは、それとして。

いま、彼女に問われてる選択――まんさきのデモ音源を受け取るか、受け取らないか、に関しては、どうしたって素直になるしかなかった。

俺は頭の中でそう感情を整理しつつ、改めて花房へと向き直る。

……きっと、彼女はわかっていた。俺がこういう人間で、「どっちにする？」とちゃんと問われないと、自分が望む方向に行くことができないひねくれ者だということを。

だから俺は、花房の魂胆に乗っかって、自分の望む方を選択する。

いつの間にか、そのイケメンじゃない顔に、キモいであろう笑みを浮かべてしまいながら……震える手でCD－Rを差し出してくる花房に対して、俺は言うのだった。

「ま、まあ、別に？　お前が、そこまで言うんだったら？　……この、まんさきのデモ音源はまだ、く、くくくれなくても、いいわ……」

「――――っ」

俺がそう言った、次の瞬間。花房は手にあったCDを地面に放り出すと、正面からいきなり――がばっ、と。勢いよく俺に抱き着いてきた。

「な……え、ええええええ⁉」

な、何してんだよこいつ⁉

何で急に、こんなことを――あ、彼女の髪から謎のいい匂いがする！　ラノベとかでよく描写されてるのを見る、女の子特有のいい匂いがする！　つかやばい、体と体が触れあう温かさがやばい！　ドキドキがすごい！

俺はそう内心で騒ぎつつ、花房に抱き締められる。彼女の両腕が俺の腰に回され、ぎゅっと、縋るようにこの体を締めつけた。彼女の髪が俺の頬を撫ぜる。俺の左肩に、彼女のあごが乗っていた。少しでも動けば頬と頬がくっついてしまいそうで、だから俺はただただ気をつけの姿勢のまま、身じろぎ一つせずに心臓をバクバクさせるしかなかった。

そのうち、「うっ、ううっ……！」という、花房のすすり泣くような声が聞こえてくる。

それに驚いた俺はつい、思ったことを口にしてしまった。

「え……泣いてんの？」

「ううっ……泣いてないっ！」

「いや、子供が泣いてる時の強がり方されても……」

「うっさい！　黙れ！　死ね！」

「あの、照れ隠しに怒り過ぎでは？」

「ごめん、死ねは言い過ぎた……死なないで……」

「……そこは冷静に謝れるんだな」

「でも、ほんと黙ってて。いまだけでいいから、黙ってろ……」


花房はそれだけ言うと、俺を強く抱き締めながら泣いた。俺の左肩が、少しずつ涙の雫で濡れ始める。……お母さんにブレザーの洗濯を頼む時、何て言ったらいいのか、ちょっとだけ考えてしまった。

そうして俺は「ううっ……」とすすり泣く花房を、直立不動のまま受け止めた。――ここで抱き締め返すのは、絶対にあり得ない。花房のこの抱擁も、俺に拒絶されなかった安堵感に起因するもので、俺に対する好意のそれでないことは、わかっているしな。

何より、俺が彼女を抱き締め返したら、その瞬間――まんさきのファンだった筈の俺という人間が、『Ｕ－Ｋａと繋がりたいだけのクソ野郎』に堕落するのは、わかっていたから。たとえ抱き締め返したい気持ちがあるとしても、そんなことはできないのだった。

ただ、そういう理由で俺からは何もしないけど、さっきからやっぱいわこれ……どうして俺も花房も制服を着てるというのに、こんなにも女の子の体の柔らかさが俺に伝わってきちゃうの……？　特に胸のあたり、彼女の豊満なおっぱいの感触が制服越しでも感じられるの、ほんとやめて欲しい……もしかしなくても女の子って、全身スライムでできているのでは？　俺の推しが転生したスライムだった件……。

そうやって脳内でふざけることで、花房の体の柔らかさを意識しないように努めていると——しばらくして。ふいに泣き止(や)んだ花房が、ようやく俺の体を解放してくれた。

変な安堵感から、俺が深く息を吐いていると……花房は赤くなってしまった目元を手のひらでぐしぐし擦(こす)りながら、棘(とげ)のある口調でこう言った。

「別に、いまのに、意味とかないから……」

「ああ、わかってる……」

「……なんか、そうやって大人な態度を取られんのもすっげームカつくんだけど。余裕ぶってんなよ」

「じゃあどう言えばよかったんだよ」

「それは、わかんないけど……だっていまのは、女子がたまにやる、なに言っても結局怒られるやつだし……」

「どの選択肢を選んでも好感度が下がるとか、現実クソゲー過ぎない？」

俺がそう言うと、ふふっ、と小さく笑う花房。それから彼女はふいに、俺に向かって右手を差し出してきた。……それがどういう意味なのかわからずに、ぼーっと彼女の手を見つめていたら、何故か優しげに花房は微笑みながら、こう言った。

「仲直りの握手、しよ？」

「……俺達って、喧嘩してたんだっけ？」

「さあ？　まあでも、たぶん喧嘩みたいなもんじゃない？　だから——ほら」

「…………」

差し出された右手を再度見つめながら、俺は躊躇する。……なにも変なことじゃない。喧嘩をしていた男女がこうして仲直りの握手をするのは、至極当然の流れであって——だから俺は、この手を取っていいんだよな？　この行為は決して、邪なものじゃないよな？

そんな風に俺が逡巡していたら、悪戯っぽく笑った花房が、小さく囁いた。

「もし理由が必要なら、手書きの握手券でも作って、あんたに渡すけど？」

「……そうしてもらおうかな」

「や、冗談だから……これくらい、理由なんかなくたって、握ってよ」

花房とそんな会話を交わしたのち、俺は覚悟を決める。制服のズボンで右手の手のひらをごしごしと擦ってから、俺はゆっくりと、彼女が差し伸べてくれている手に、自身の右手を重ねた。——それはちゃんと、憧れのアーティストと、そのファンが握手をするように。俺と彼女はお互いの右手を、ぎゅっと握り合った。

柔らかな感触をこの手に得る。それと同時、不必要に胸が高鳴った。……今更ながら、手汗をズボンで拭くという行為自体がキモくなかったか、少し不安になってしまった。

そうして、俺と握手をしながら、花房はまた微笑する。泣きはらして赤くなった目を俺に向けながら、彼女は弾むような声で言うのだった。

「これからも、ちょっとだけ面倒で、だけどすっごい美人で、頭も悪くなくて、運動神経が抜群な、何より歌がめちゃくちゃ上手な憂花ちゃんを、よろしくね！」

「ああ……お前はめちゃくちゃ面倒な女の子だけど、歌がすっげえ上手(うま)いから……これからも、推してやるよ」

俺のそんな言葉を受けて、楽しげに笑う花房。それから彼女は、「憂花ちゃんのファンのくせに生意気ー」と言いながら、満面の笑みを浮かべる——。

こうして俺は、花房憂花との紆余曲折(うよきょくせつ)を経た結果……俺の大好きな推しと、握手券も無しに握手することができたのだった。

エピローグ　推しと口約束を交わした。

花房と諸々あった、翌々日。朝のホームルームの時間。

俺は自席で一人、頰を幽かに赤らめながら、頭を抱えていた。

「…………」

それは、何故なら……今更ながら、これまでの自分の行動を振り返って、すげえ恥ずかしくなったからだ！

……いやほんと、なんだったんだよ、おとといのやり取り。いま思い返してみれば、あまりにも青臭過ぎない？　青春のかほりが強過ぎない？　くそ、恥っずいわあ……。

そして何より、俺としては――三日前の、もう花房とは関われないと思ったからこそ口にした言葉達が、全部が終わったいまになって、俺を照れくささで苛んでいた。

『い、いままで仲良くしてくれて、ありがとう……』

死ね。氏ねじゃなくて死ね俺。そう思ったのは嘘じゃないけど、そういう大切な思いほど、わざわざ言葉にするべきじゃないだろうが……ああああああ！（照）

そうして俺が脳内で大騒ぎをしていたら、がらら、と。教室後方の扉を開けて、花房が入ってきた。……彼女の顔をまともに見られない。そんな俺に対し、花房は普段と変わらぬ様子で、「おはよう、憂花ちゃん！」と声をかけてくるクラスメイトに「おはよう」と挨拶を返しながら、自分の席に向かっていった。

とりあえず、教室じゃ彼女と絡む機会はないんだから、いまはそんなに意識する必要もないか……俺がそんなことを考えつつ、花房の背中をぼんやり見ていたら、自席に荷物を置いた彼女はそれから、何故か俺のいる方へと歩み寄ってきた。

最初は俺の勘違いかと思ったけど、彼女はそのままぐんぐんこちらに近づいてくると、俺の机のすぐそばで足を止め——爽やかな笑みを浮かべながら、こう言った。

「おはよう、夜宮くん」

「な——は……え？」

「んんー？　どうして返事してくれないの？　もう一回いくよ？　——おはよう、夜宮くん」

「……お、おはよう、花房さん……」

「ふふっ。うん、おはよ」

そんな他愛もない会話に、クラス中が『ざわ……ざわ……』と、カイジの緊迫したシーンみたいな空気になる。そりゃそうだ。あの、スクールカーストの頂点に君臨するまんさきのU－Kａが、あろうことかカースト最底辺の陰キャに、朝の挨拶をしたのだから！

……い、いやつか、こいつ何考えてやがんだ！　教室で俺なんかと話したら、お前の人間的価値が下がっちゃうだろうが！　クラスでの俺の地位の低さ、舐めてんのかオラ！

目の前にいる花房に対して、俺がそう思っていたら……彼女はふいにスカートのポケットからスマホを取り出すと、その画面を俺に見せながら、こう言った。

「あ、そうそう。――ねえ見てこれ！　このブログ、この間まんさきが出したシングル『沈丁花』の歌詞の考察をやってて、凄いんだよ！　さっきスマホいじってたらこの記事を見つけてね、あとで夜宮くんに教えてあげようと思って！」

「ふ、ふうん、そうなんだ……」

適当な相槌を打ちつつ、花房が見せてくるスマホの画面を覗き込む。

と、そこには――『限界オタクの限界突破ブログ』という、アホみたいなタイトルのブログが表示されていた。おい何だよこの、痛いオタク感丸出しのブログは。こいつ絶対、学校でオタク友達も作れないタイプのオタクだろ――……ってこれ俺のブログ！　嘘だろ、俺が書いたブログ記事、ご本人が読んでくれてんのかよ!?　すげー嬉しい！

俺がそう脳内で騒いでいたら、さっさとスマホを仕舞った花房は、それから言った。

「それだけ。じゃあね」

「あ、ああ。じゃあ……」

そうして、花房は俺の席から離れると、彼女がいつもつるんでいる友人達の輪の中に入っていく。「おはよー、姫ちゃん、ほっしー」「おっは」「おはよう」そんな朝の挨拶を交わしたのち、ほっしーこと星縫は、花房に訝しげな視線を送りつつ、こう尋ねた。

「ところで、さっきのは何だったのかしら？　あなたから男の子に話しかけるなんて、珍しい場面を見てしまったのだけれど……」

「ああ、あれは気にしないで。夜宮くん、まんさきが好きだって言ってたから、私が掴んだまんさき情報を、彼に教えてあげてただけだよ」

「ご本人直々に⁉　根暗、めっちゃキョドっててキモかったから、からかうのやめたげろし！」

「別にからかってないのにー」

「憂花にそういう気はなくても、ああいうモテない男子は勘違いすっから……だからあんま、変に絡むのも可哀想だかんね？」

姫ちゃんこと姫崎はそう、注意するように花房に言った。……というか、なんか姫崎がめっちゃ芯食ったこと言ってんだけど。しかも、俺を気遣うような発言までしてるし。これ、ギャルがオタクに優しいという説は割とマジなのでは？

俺がそんなことを考えつつ、姫崎を見つめていると、何故か「………」と無言を貫く花房にめっちゃ睨まれた。……いやそれ、どういう感情？　何でそんなわかりやすく苛立ってんの？　そう疑問を抱いているうちに、朝のホームルーム開始のチャイムが鳴る。

こうして、俺の代わり映えしない今日は、だけど——ちょっとだけいつもと違う景色を俺に見せながら、相も変わらず過ぎていくのだった。

放課後。文芸部の部室にて。

俺が一人、いつものようにブログ記事を書いていると、ノックもなしに扉が横滑りに開かれた。そうして中に入ってきたのは、どこか恥ずかしげに顔を背けている彼女で……花房は俺を見つけると、片手を挙げながらこう言ってきた。

「や、やっほー。元気してた？」

「お、おお。……元気してたも何も、さっきだって教室で顔は合わせてただろ」

「あはは。だよね」

花房は照れくさそうに笑いつつ、くちゃくちゃと何かを噛む。どうやら口にガムを入れているらしく、だから俺が花房の口元をつい見ていると、彼女はふいに尋ねてきた。

「あんたも食べる？　ガム」

「え……くれるのか？」

「うん。まだ余ってるから、一個あげるよ」

花房はそう言ったのち、取り出した包み紙に噛んでいたガムを吐き出した。次いで、彼女は噛み終えたガムを手のひらの上に乗せると、それを俺に差し出しながら言った。

「はい。どうぞ」

「……もしかしてお前、自分のファンにならどんな仕打ちをしてもいいと思ってる？　だからこんな、さっきまでお前が噛んでたガムを俺にくれるっていう暴挙ができんの？」

「大丈夫。心配しなくても、まだ味はあるよ！」

「そこの心配はしてねえんだわ！」

「じゃあ、何が不満なの？　憂花ちゃんがさっきまで噛んでたガムだよ？　そんなの、憂花ちゃんの大ファンであるあんたなら、喉から手が出るほど欲しいと思うけど」

「いや、これぱっかりはさすがに、拗らせファンの俺だって欲しいとは思わねえから……お前がさっきまで噛んでたガムを貰って、俺はどうすりゃいいんだよ」

「そ、それは、その……食べればいいんじゃない？」

「お前、実際に俺がそうしたら、絶対に引くだろ」

「あー、確かに……いくら憂花ちゃんでも、さっきまで自分が噛んでたガムを、光助が恍惚とした表情で噛み始めたら、何やってんのこいつキモって思うかも……」

「それはさすがに、その原因を作った自分を棚に上げすぎでは？　――ともかく、そんなん貰っても互いに何の利益も生み出さないから、それはさっさとゴミ箱に捨てろって」

「……でも、逆の立場だったら、憂花ちゃん、ちょっとだけ欲しいけど……」

「…………」

いま俺は何も聞いていない。まさか、俺の大好きなまんさきのＵ－Ｋａが、自分にとって憧れのアーティストが噛んでいたガムなら、ちょっとだけ欲しいと思ってるなんて、そんな筈はきっとないから。たぶん俺は幻聴を聞いたのだろうと思った。

そんな風に俺が現実逃避をしていると、花房はどこか取り繕ったように笑ったのち、

「というか、噛んだガムをあげるとか、さすがに嘘だから。――はい、これ」

と言いながら、学生カバンからガムのボトルを出し、テーブルの上に置いた。……今のはさすがに嘘で良かったわ。俺は思いつつ、「ども」という言葉と共に、ボトルから取ったガムを口に入れる。その間に花房は、俺の隣の席に腰かけた。

すると、変な沈黙が俺と花房の間に落ちる。……こういう、会話が何もない時間に、俺達はどう過ごしていたっけな……俺がガムを噛みながらそう考えていたら、しばらくの無

言があったのち——隣にいる花房が、ぽつり、と。小さな声で呟いた。

「これからは憂花ちゃん、また、ここに来るから」

「……そっか」

「もう、来なくならない。時間があったら、必ず来るよ。もちろん、あんたに寄りかかるべきじゃないって、いまでも思ってるけど……だからまた、おとといみたいに、めんどくなっちゃうこともあるかもしんないけど。それでも……もう手放すなんて、嫌だから」

「…………」

「憂花ちゃんはそういう理由で、我慢しないことにしたの。——あんたには、それだけ報告しとくね」

「ああ、わかった」

俺のそんな返事を受け、言い終えた花房は、ふう、と一つ息を吐く。

見やれば、彼女の頬はうっすらと桜色に染まっていた。

「…………」

そんな彼女の横顔につい見蕩れてたら、「見んなし」という言葉と共に、肩を軽くパンチされた。——だ、だから、そういうじゃれ合いみたいな身体的接触はやばいって、何度言えばわかるんだ……（地の文で思ってるだけで、本人には一度も言ってない）。

　それから、花房は桜色に染まったままの顔でそっぽを向くと、強い語調で続けた。

「つか言っとくけど、我慢しないっていうのは、『これまでと同じように一緒にいる』ってことじゃないからね？　むしろ、こっからだから。――覚悟しといた方がいいよ？　神に愛されてる系女子の憂花ちゃんが、狡猾かつ可愛らしい乙女な本領を発揮したら、あんたみたいなモテなくてオタクで童貞な、でも私だけが良さをわかってあげられる系男子なんかすぐに惚れさせ――は？　別に失言とかしてないけど？　あ？」

「……話の途中で何かを誤魔化すようにいきなりキレ始めんなよ。普通に怖えよ」

「と、ともかく、あれだから！　憂花ちゃんがこれからもこの部室に来て、あんたとお喋りをしてあげる以上、あんたは、その……ふ、不可抗力で？　こんなにも可愛い憂花ちゃんを、つい？　……す、好きになっちゃっても、別にいいけど？」

「は？　お、お前それ、どういう意図の発言なんだ……？　というか、お前を好きになるも何も、俺はもう既にまんさきのU－Kaのことが、ファンとして好きなんだけど……」

「だ、だから、そういうんじゃなくて……あんたはいま、その……光助だったら、まんさきのU－Kaじゃなくて、花房憂花の方も好きになってもいいよっていう許可を、他ならぬ憂花ちゃんからもらったのよ……」

「な……!?」

熟れた苺(いちご)くらい顔を真っ赤にした花房のそんな発言を受け、驚きのあまり眩暈(めまい)を覚える俺。……花房がこんな俺に対して、「憂花ちゃんを好きになってもいい」と明言した。それは、つまり――。

そうして、俺が脳内でおこがましい結論を出そうとすると同時、彼女は慌てて続けた。

「や、あんたは憂花ちゃんを好きになってもいいけど、別にそれは憂花ちゃんがあんたを好きだからとか、そういう訳じゃないからね？　ただ今後、あんたがこんなに可愛い憂花ちゃんとこれからもずっと一緒にいたら、こんなに可愛いんだから好きになっちゃってもしょうがないよね！　って話であって、えっと……――あ、あんたの気持ちには応えられないけど、これからは憂花ちゃんのこと、好きになってもいいんだからねっ」

「何その新しいツンデレ台詞(ぜりふ)。好意があるようで絶妙にないっていう、ツンデレ界に激震が走ること間違いなしの文言なんだけど……」

「す、好きになってくれたら、ちゃんとフってあげるんだからねっ！」

「いや、それもツンデレできてねえよ。ツンデレなめんなお前」

「……ごにょごにょな男の子の前で素直になるのって、難し過ぎじゃない？　彼氏とか作って青春してるふつーの女子高生って、どうやってこんな難しいことしてるわけ……？」

花房は未(いま)だ赤らみの消えない顔を俯(うつむ)け、独り言のように呟いた。……いやまあ、二人しかいない部室なので、だいたいは俺にも聞こえちゃいましたけど……。

次いで、彼女は「んん！」とわざとらしい咳払いをすると、真っ直ぐ俺の目を見つめて――やっぱりすぐさま目を逸らしたのち、こう言った。

「と、とりあえず、憂花ちゃんが言いたかったことをまとめると……憂花ちゃんはもう二度とこの場所から逃げないし、これからはこの、いま私が抱えてる恋ご――肩こり！　肩こりにも真正面から向き合っていくから！　覚悟しなさいよ！」

「お、おう……肩こりに真正面から向き合うという表現は謎だけど、わかった……」

どうにも唐突なまとめをする彼女に、俺はそう頷いたものの……正直、彼女の言葉は俺にわからす気が無さ過ぎて、その真意を把握することはできそうになかった。

いや、それはもしかしたら……彼女が抱えている感情をちゃんと理解することで、俺自身が間違ってしまうのが怖いから、わざと把握しようとしていない部分もあるのかもしれないけど――。

そうして、どこか居心地の悪い沈黙が部室に落ちる。それを受けて花房は「ちっ……なんか、乙女爆発させちゃったじゃん……キモ……」と呟いたのち、何度かかぶりを振って頰の赤らみを飛ばすと、ふいにからかうような笑みを浮かべて、続けた。

「憂花ちゃんがまた部室に来てくれるようになって、嬉しい？」

「……べ、別にー？　一人の方がパソコン作業を進めやすいから、そういった意味では嬉しくないと言えなくもないとも言えないというかー？」

「ふふっ。何それ、どっちなのよ。──まあ、どうせそんな風に言うってわかってたから、逆に期待通りかも。何度も言ってるけど、たまには素直になった方が可愛いのに」

「うるせえ。そもそも俺は、お前に可愛いと思われたくねえんだよ」

俺がそう言うと、花房は──「そうやって男の子ぶってるところなんかは、結構可愛いけどね」とはにかみながら呟いた。……俺の心臓がドキドキしちゃうんで、そういうあざとい発言、やめてくれません？　俺はそんなことを思いつつ、噛んでいたガムを包み紙に出すと、今更ながら──今日、花房がここに来たら聞こうと思っていたことを尋ねた。

「そういえば……今朝のあれは、なんだったんだよ」

「今朝のあれ？　……ああ、憂花ちゃんが教室で、クラスに男友達が一人もいない陰キャに話しかけたこと？」

「本人の前で陰口言うのやめろや。──でも、そうだよ。俺みたいな、友達が一人もいない陰キャに教室で話しかけるなんて、何考えてるんだ。お前はそれでもまんさきのＵ－Ｋａかよ。まんさきのＵ－Ｋａとしての自覚が足りないんじゃないのか？」

「何でいま憂花ちゃんが怒られてるのよ……つか別段、あれに関しては、そんなに深い意味があった訳じゃないから。強いて言うなら、実験がしたかっただけで」

「実験？」

「うん。ああいう形でなら、光助と教室でも絡めるかなって、そういう実験」

「――――」

花房の言葉に驚いた俺はつい、顔が熱くなるのを感じる。すると花房は、「や、別に、教室でもあんたとお話がしたかったとか、そういうんじゃないから……」と、仄かに頰を赤らめて反論した。……そののち、不機嫌そうにそっぽを向きつつ、彼女は続けた。

「結局のところ、今回の痴話げんかっていうか――あ、あの騒動はさ！　あんたが教室で憂花ちゃんと話せないくらい陰キャだったのが、きっかけだったじゃん？」

「ん？　そうだったっけ……？」

俺はそう言いつつ、以前を思い出す。確かに今回のことは、教室で俺に話しかけようとした花房が、それに気づいてやめて……というのが最初にあった。つまり、きっかけの部分としては、俺が教室で話せないレベルの陰キャだったから、というのがあるのか。

「だから、また教室であんたと喋れなかったせいで、ああなったら嫌だから……教室でもある程度、あんたと話せるようになっときたいなって、そう思ったんだよ」

「……なるほどな。つまりお前は、まんさきのＵ－Ｋａ状態でなら、教室でも俺みたいな陰キャと話せるか、周囲の反応を試したって訳だな？　……でも、今回の騒動って別に、教室で俺と話せなかったうんぬんは確かにきっかけにはなったけど、問題の本質は、お前の性格的な部分にあって——」

「あー、そういうのいいから。憂花ちゃん、自分で自分の悪いところを自覚してはいるけど、それをわざわざ他人に言われんのは大っ嫌いだから。ちょっと黙っててくんない？」

「お前らしい拒絶の仕方だなあ……」

思わず俺がそう漏らすと、花房は楽しげに「ふふっ」と微笑したのち、言葉を続けた。

「ともかく。今回のことがあって、憂花ちゃんは教室でもあんたと絡めるようになりたいと思ったから、仮面を被ってあんたに近づいたの。そしたら……ちょっとだけ、教室がザワついちゃったかな？」

「そうだな。そういう訳だから、もう二度と教室では絡まないでくれな？」

「うん。だからこれからは、教室ではもうちょっと気をつけて、光助に絡むね？」

「『うん』っていう返事の意味わかってんのかお前。英語で言うと『イエス』だぞ。何も了承してないのに使ってんじゃねえよ」

「だって憂花ちゃん、別に光助の意見なんか聞いてないもん。あんたが『教室では絡まないでくれ』って言おうが、憂花ちゃんは自分のやりたいように絡むだけだし。——つまり、いま憂花ちゃんが言ってるのは、『これからは教室でも絡んでいい？』って話じゃなくて、『今後は教室でもがんがん絡んでいくから覚悟しろよ』ってことなんだよ」

「お前はＤＱＮか何かですか？　俺の意思を無視して、絡んでやるぞって……」

「ゆくゆくは、憂花ちゃんがあんたに『パン買ってきてー』って言っても、クラスのみんなが、『ああ、いつものやつね』ってなるくらいの認識にしたいかな！」

「志が高すぎるし、俺への扱いが雑すぎる……」

俺がそうツッコむと、花房はまた楽しそうにからからと笑ったのち、ふいに真面目な顔になって――「でも、本当にそうなるのが目標かな」と呟いた。……俺の学園生活に、分厚い暗雲が垂れ込め始めた瞬間だった。

という訳で、次回――『第十八話　推しにパンを買いに行かされた。『城之内（じょうのうち）死す』』にご期待ください！　おい、タイトルでネタバレすんな。『城之内死す』じゃねえんだから。

俺が脳内でそうふざけていると、花房は急に不機嫌そうな顔になって、こう言った。

「というかさ、いまふと気づいたんだけど……なんで憂花ちゃんの方からばっか、あんたに話しかける努力をしなきゃいけないわけ？　そんなのおかしくない？　教室でも絡みたいのはあんただって同じなんだし、たまには光助も、憂花ちゃんに話しかけてきてよ」

「え……そ、それは、どういう……」

「別に、何でもいいから！　『今度、一緒に買い物行かない？』でも、『お昼、一緒に食べない？』でも、『ライン交換しない？』とか、そんなんでいいからさ――今後はあんたからも、憂花ちゃんが今朝やったみたいに、教室で話しかけてきてよ。……あ。いまふいに思いついた案だけど、いいかもこれ。しかも、あんたから話しかけてきてくれたら、みんなに優しい設定の憂花ちゃんが教室であんたと絡んでても、ぜんぜん不自然じゃないし。むしろ、あんな陰キャとも喋ってあげてる憂花ちゃんえらい！　ってなるしね」

花房はそこまで言い終えると、満足げにうんうん頷いた。……ええと、花房さん？　それ、確かにお前はいいかもだけど、俺がそんな高いハードルを越えられねえから。クラスの誰とも喋れない俺が、大好きな推しに話しかけられる訳ないだろ。アホか。

そう思った俺が花房に抗議するような視線を向けると、それを受けてよけい楽しそうな顔になった彼女は、そのまま話を続けた。

「そういう訳だから、明日！　明日のお昼休みに、憂花ちゃん、それとなく姫ちゃん達の輪から外れとくから。その時を狙って、あんたは私に話しかけてきてね！」

「いや、どういう訳だよ……あ、あの、花房さん？　そんなん、さすがに無理ゲーだから。俺みたいなただのキモオタが、お前みたいなキラキラ女子高生に話しかけるなんて、そんなのはおこがまし過ぎて……」

「でも、あんたこの間、憂花ちゃんをここに――この部室に呼び出したりとか、してたじゃん。あんなおこがましい真似ができるなら、話しかけるのなんて余裕でしょ」

「…………」

花房の言葉につい、赤らんだ顔を俯ける俺。

確かにあれは、俺史上最高におこがましい行いだったよな……一応、ああした理由はちゃんとあるし、だから決して邪な感情で花房を呼び出した訳じゃないんだけど、それにしたってファン失格だよな……。

そうして俺が自己嫌悪に浸っていると、何も言わない俺に花房はにっこり笑って、先に言い切ってしまうように告げた。

「はい！　それじゃあ決定ね！　明日、お昼休みの時間に、光助は憂花ちゃんに話しかけること！　ああ、楽しみだなあ……明日、憂花ちゃん何を言われるのかなあ……『ずっと憂花ちゃんのファンでしたサインしてくださいデュフフ』とか言われるのかなあ」

「お前俺のことをそんな、ステレオタイプなオタクだと思ってたのかよ……つ、つか、花房さん？　俺、割とマジでそんなことやりたくねえんだけど……なんなら明日、仮病でも使って学校休んでやろうかな……」

「ちなみに、明日あんたが教室で憂花ちゃんに話しかけてきてくれなかったら、まんさきのデモ音源はまずデータを消去して、そのあとでCDを叩き割るから」

「お前はその約束をずっと体のいい人質に使い過ぎでは？　もしかして俺、お前から無理やりにでもデモ音源を奪い取った方がよかった？」

「ふふっ……でも、あんたはあれを受け取らなかったじゃん」

「……まあ、そうだけど……」

「いつかあんたにあげたいのはそうだから、憂花ちゃんにそんな酷いことさせないでね」

俺の頬をつんつん、と二回ほどつつきながら、どこか悪戯っぽく花房は笑った。こ、こいつ……あんまビッチ臭いことすんなや！　俺は内心でそう抗議しつつ、花房を睨みつけたけど——「ふふっ」それに対して彼女は、やっぱり楽しげな顔をするだけだった。

……なんというか、おかしな関係になってしまったなと、そんなことを考える。花房の本性を知った当初は、俺と彼女がこんな風になるなんて、微塵も思っていなかったのに。

というか、そもそも——。

『ともかく！　あんたは今後、一年D組の教室では一切、憂花ちゃんと絡もうとしないように！　話しかけるなんてもってのほかで、じっと憂花ちゃんのことを見つめるのも禁止だから。それ破ったら、デモ音源あげないからね。——返事は？』

花房は最初、彼女の秘密を知った俺に対して、そう言っていた。

それが今や、あの頃とは全く真逆のことを――『話しかけてくれなかったからデモ音源あげないから』と言いだしてるのは、どういうことなんだこれ……。

俺はそう思いつつ、花房の横顔を見やる。すると彼女は「なに？　憂花ちゃんの顔に見蕩(みと)れちゃった？　こんなに可愛(かわい)いから仕方ないけど、あんま無遠慮に見ないでね」と言ってきた。黙って顔を見られることもできんのかお前は……。

ただ、そんな彼女を見つめながら、俺は少しだけ感慨にふけってしまった。

そもそもは、こうなるつもりなんてなかった。……また、この関係性が正しいのかどうかと問われれば、俺は正しいとは思わない。

だって俺は、まんさきのＵ－Ｋａのファンだから。

彼女の歌声が大好きで、そんな彼女を推してる大ファンで――ファンっていうのは、推しを遠くから見つめる、十把一絡(じっぱひとから)げのうちの一人であるべきだと思っているから。だからこそ俺は、大好きな人のこんなにも傍(そば)にいる自分を、心のどこかで許せていなかった。

だけど、でも――。

「……ちょっと。さっきから憂花ちゃんのこと見過ぎじゃない？　なんなの？」

「いや、何でもない……」

そんな、ファン失格かもしれない俺にも、確かに言えることがあるとするなら、それは……まんさきのＵ－Ｋａが大好きだった俺はいま、性悪で自分勝手で、だからこそ女の子らしい、まんさきのＵ－Ｋａではない彼女と一緒にいる今日を——楽しいと。

こんな今日が明日も続いて欲しいと、それだけは願ってしまっているのだった。

……い、いやまあ、あれだけどな！　俺は花房と話をするようになる前から、ラノベや漫画、ゲームやアニメなんかで充実した日々を過ごしてたけどな！　ただ……それとはまた別種の『楽しい』がこの世にあったことを、花房と出会って知ったというだけだ。

これはあり得ない、もしもの話だけど……もし俺が花房と一緒に過ごしているうちに、俺もリア充になったと勘違いして、その結果。オタクコンテンツを下に見るようになったり、ラノベや漫画を読まなくなったりしたら——そんな未来の俺は、いまの俺がぶっ殺しに行かなきゃならねえと思ってる（迫真）。

元々オタクで、でも女ができた途端にオタクを下に見始める奴とか、本気で嫌いだからな俺。俺はそんな奴にならないよう、オタクとしての刃を尖らせておかねえと……具体的には、深夜アニメもリアタイでチェックし続けねえとな……！

俺がそんなことを考えていたら、花房はふいにスマホを取り出し、「やば、もう時間だ」

と呟いた。それから、彼女は慌てて学生カバンを肩にかけると、すぐさま席から立ち上がり、扉の方へと移動する。そのまま、扉に手をかけると同時——後ろを振り向いた。

どこか感慨深げに、俺をじっと見つめる彼女。

次いで、花房は一瞬だけ照れくさそうな顔をしたのち……嬉しげに歯を見せながら、どこまでも明るい声音で、言ってくれたのだった。

「じゃあ、またね！」

そうして、花房は扉を横滑りさせて開けると、廊下へと一歩、足を踏み出した——。

彼女は、俺の返事を待たない。いつも俺は、彼女のくれる「またね」に対して、ろくな返事をしてこなかったから。だから花房は今日も、俺にそれを渡すだけ渡して、すぐさま帰ろうとしたけど……それを見た俺は、覚悟を決める。

花房がラーメンG太郎から出てきた、あの日——あの日の俺は結局、ラーメンG太郎に並ぼうとして、だけどそうすることができなかった。

残念ながら、そんな自分を変えたい、なんて青臭い思いは、これっぽっちも抱いていないけれど……だからって、自身のそんな性格を言い訳に。こういう場面で、言うべきことを言えないままなのは、いい加減うんざりだったから——今日くらいは。

こんな今日が明日も続いて欲しいと、そう願ってしまった以上……俺からも、少しだけ素直な気持ちを彼女に伝えるために、俺は花房を呼び止めた。

「ま、待ってくれ、花房！」

「……ん？　なに？　何か忘れ物？」

俺の制止に、花房は足を止めて振り返った。……こちらを見つめる彼女の瞳を見つめ返す。でも、それはすぐに恥ずかしくなって目を逸らしたのち、俺は——ずっと言おうとしていて、ただ言うべきかは悩んでて、だけどやっぱり言いたかった思いを、口にする。

それは、何気ない再会の約束。

もしかしたら果たされないかもしれない、ただの口約束で……だけど。

だからこそ、大切な友人との別れ際にはちゃんと交わしたい、そんな言葉だった。

「ええと、その……ま、また、な……」

「——」

そう言った俺に対して、花房は一体、どんな顔をしてくれたのか。

それは、それを口にすることができた、俺だけが知っているのだった。

了

あとがき

初めまして。もしくはお久しぶりです、川田戯曲です。

この度は、本書を手に取って頂き、ありがとうございます！　本作は、変なところで強がりなめんどくさい女の子と、変なところで自分があり過ぎるめんどくさい男の子が、くっついたり離れたりする……作者の趣味が全開の一冊になりました！　基本は一話完結のゆるいラブコメですので、肩肘を張らずに、日々の傍らに楽しんで頂ければ幸いです。

自分としては、主要な登場人物が二人しかいないラブコメを書いたのは、今回が初めてで——そのぶん、まるまる一冊を使って、二人の関係性、そして人間性にぐっとフォーカスできたのが、とても楽しかったです！　自画自賛というよりは、ただの好みの話ですけど……本作は、高校時代の自分が読みたかった作品になってくれました。

なので、僕がそう思ったように——読者の皆様にとっても、少しでも楽しんで頂ける作品になれていたなら、これほど嬉しいことはありません。より具体的には、「埼玉県って素敵なところだなあ……」って思ってもらえたら最高です。おいでませ、埼玉。コロナが明けたら、一緒に草加せんべいでも食べながらクレしん映画観ましょう。『嵐を呼ぶ！

『夕陽のカスカベボーイズ』大好き。

ちなみに。本作のタイトル――『推しが俺を好きかもしれない』――は、編集さんに考えて頂きました。素敵なタイトルをありがとうございます！

それでは以下より、謝辞の方を。

イラストを担当して下さった、舘田ダン先生。先生が描いた二人のキャラデザを見た時に、嬉し過ぎて心臓がドキドキしました！　キャラデザの時点でこれなら、完成した表紙や挿絵を見た時にどうなるのか不安です！　担当して下さり、ありがとうございます！

担当編集の伊藤さん。本当に長い間、本作の改稿に付き合って頂き、ありがとうございました！　伊藤さんの熱意のおかげで、本作は最初の原稿から格段に良くなりました。今後とも、よろしくお願いいたします！

それから、これを手に取ってくれているであろう友人、同期の作家さん、家族にも、ありがとうございます。……どうでもいいけど、本書を読み終えた際には、一言でも感想をくれたら僕は小躍りして喜びますよ？　べ、別にどうでもいいけどねっ！

そして何より、本作を手に取って下さった読者様に、ありがとうございます！

ではでは。また次巻でお会いできることを祈って。

二〇二一年五月中旬　川田戯曲

推し(お)が俺(おれ)を好(す)きかもしれない

令和３年７月20日　初版発行

著者——川田戯曲(かわたぎきょく)

発行者——青柳昌行

発　行——株式会社KADOKAWA
〒102-8177
東京都千代田区富士見2-13-3
0570-002-301（ナビダイヤル）

印刷所——株式会社暁印刷

製本所——本間製本株式会社

ISBN978-4-04-074106-2 C0193　◇◇◇

学校
……じろじろ見ないで
【朗報】
俺の許嫁になった地味子、家では可愛いしかない。
秘密の結婚生活(ラブコメ)！

ファンタジア文庫
甘えていい？
家
著者：氷高悠
イラスト：たん旦
親同士の約束で俺に嫁（3次元）ができた!?
相手は地味で目立たない同級生・綿苗結花。
「最近の推しは誰ですか!?」「遊くん…って呼んでもいい？」
趣味もピッタリ、意気投合。
しかも、慣れたら学校では想像できないほど大胆に！
彼女の素顔と、2人だけの生活は可愛さしかない!?
クラスのあの子と

騙しあい。

各国がスパイによる戦争を繰り広げる世界。任務成功率100%、しかし性格に難ありの凄腕スパイ・クラウスは、死亡率九割を超える任務に、何故か未熟な7人の少女たちを招集するのだが——。

シリーズ
好評発売中！

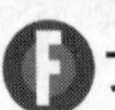
ファンタジア文庫

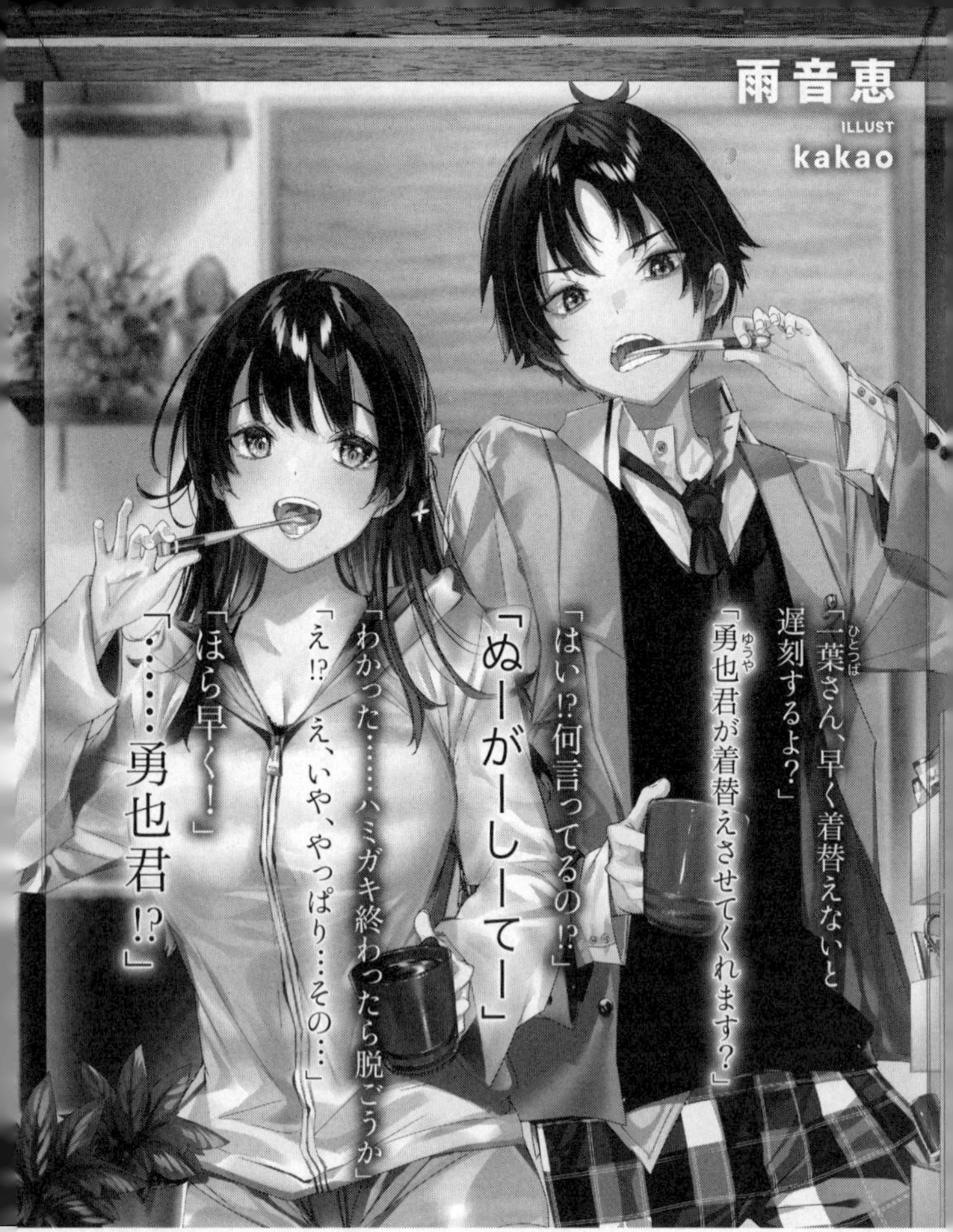

雨音恵

ILLUST
kakao

「一葉さん、早く着替えないと遅刻するよ？」

「勇也君が着替えさせてくれます？」

「はい!? 何言ってるの!?」

「ぬーがーしーてー」

「わかった……ハミガキ終わったら脱ごうか」

「え!? え、いや、やっぱり…その…」

「ほら早く！」

「……勇也君!?」

#同棲 #一緒にハミガキ #カップル通り越して夫婦 #糖度300%

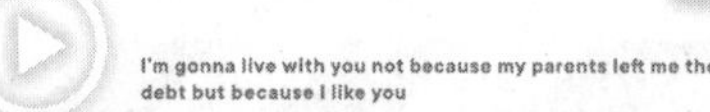